# 最強の異世界
# やりすぎ旅行記 3

A L P H A L I G H T

萩場ぬし
Hagiba Nusi

アルファライト文庫

ミーナ
アヤトと共にコノハ学園に通う、
寡黙な猫耳少女。
メア・ルーク・ワンド
ラライナ王国国王の孫娘。
見た目は不良な引きこもり。
ヘレナ
アヤトに従う竜の少女。
かなりのニオイフェチ。
アヤト
本名、小鳥遊綾人。
元の世界で最強だからと
異世界に招待された青年。

シャード
ノクトたちと共に魔族大陸へ足を運んだ女研究者。露出度高め。
ガーランド
王命を受けてノクトと行動を共にする、SSランク冒険者。
ノクト
とある国で召喚された勇者。一見美少女だが中身は男。
フィーナ
魔族大陸でアヤトを案内する、素直になれない魔族の少女。
CHARACTERS
主な登場人物

# 第1話　朝の騒ぎ

「ふぁ～あ……」

俺、小鳥遊綾人は、窓の外の曇り空を見ながら大きく欠伸をした。

ここは、俺がこの世界で、幽霊騒動を解決した報酬として手に入れた屋敷の一室。

今日は夏休み初日、つまりは魔族大陸に出発する当日なので、少し早めに起きて日課の鍛錬を行い、部屋に戻ってきたところだ。

『この世界』なんてもったいぶった言い方をしたが、今俺がいるのは、いわゆる異世界ってやつだ。

俺はある日突然、神様を名乗る少年、シトによってこの異世界に連れてこられた。

俺が選ばれた理由は二つ。一つは元の世界で一番強いから。もう一つは、『必ず死ぬ』という『悪魔の呪い』と、『寿命以外の死を必ず回避する』という『神の加護』の、相反する二つの特性を持っていたからだ。

そもそも俺の生まれ育った小鳥遊家は、武術一家として表でも裏でも有名な一族だ。そんな一族に生まれれば、必然的に武術の達人となる。

加えて二つの特性だ。『悪魔の呪い』のせいで命に関わるトラブルが降りかかってきて、『神の加護』のおかげでギリギリで死を回避する。

そんな特性を持っていることを知らない俺は、日々トラブルに巻き込まれ、乗り越え、そしていつの間にか世界最強になった……とシトから聞いた。

そんなわけでシトに選ばれて、全魔法適性MAXと『悪魔の呪い』の解除という二つの特典を貰い、この剣と魔法が飛び交う異世界へと降り立ったのである。もっとも、『悪魔の呪い』は完全には解除できなかったようで、トラブル続きの生活は、こちらの世界でも変わらなかったのだが。

とはいえ最強な俺は大体のトラブルは力で解決できたし、この屋敷が手に入ったのもトラブル体質のおかげだ。その上、身分どころか種族すら違う仲間たちが増え、楽しく異世界生活を過ごすことができている。

……まあ、その体質のせいで現魔王であるグランデウスに勇者だと勘違いされて、学園の夏休み初日から、海を越えた先の魔族大陸に向かわないといけなくなっているのだが。

ともかく、この屋敷に一緒に住んでいる皆と魔族大陸行きの打ち合わせをしないとな。

そう思ったところで――

「おっはよー、アヤト！　今日もいい天気だよっ！」

元気のいいどころではない金切り声が響いてきた。あまりの騒がしさに思わず頭を抱えてしまう。

声のした方に目をやると、赤、青、緑、茶色、黄色と、それぞれの色をした子供が計五人、ふわふわと宙に浮いていた。

さっきの金切り声の発生源は、その内の赤い一人――アルズだった。

このカラフルな子供たちは、それぞれが色に合わせた属性を持つ精霊王で、俺が名付け、契約を交わしたやつらだ。赤が火のアルズ、青が水のルマ、緑が風のキース、茶色が土のオド、黄色が雷のシリラである。

「おはよう。朝からやかましいな、お前は」

「元気だけが取り柄だからね！」

意味を分かって言っているのか、そう答えるアルズ。今は朝の五時を過ぎたところ……こんな時間に大声を出したら、普通に近所迷惑になるレベルである。

俺が契約した精霊王はもう二人いるのだが、こいつらと一緒ではないのだろうか。

そんなことを考えていると、閉まっている扉をするりと通り抜け、丁度その二人がやってきた。

俺よりも背が高く体格のいいおっさん、光の精霊王オルドラに続いて、褐色肌に蒼い髪を垂らし、黒い目に黄色い瞳を持った女、闇の精霊王ココアも入ってくる。

「おはよう、皆の衆！　ワッハッハッハ！」

「おはようございます、アヤト様」

オルドラはふざけた言い回しをして豪快に笑い、ココアは上品に、静かに頭を下げる。

両極端な二人に、俺は挨拶を返す。

「ああ、おはよう。オルドラはこの中で一番騒がしいな」

「ぬ、ぬぅ……？」

俺の指摘に一歩引くオルドラ。そんなオルドラのことを指差して、アルズが笑う。

「やーい、言われてやんのー！」

「子供か、お前は……いや、見た目は子供だけどさ」

こいつらはこんな見た目でも精霊王なのだ。実際にどれだけ生きてるかは知らないが、少なくとも人間の寿命は遥かに超えているだろう。

一通り騒いで満足したのか、ココア以外の六人が俺の体の中へと入り込む。ココアは朝食の準備をすると言って、再び部屋の外へと出ていった。

誰もいなくなって落ち着いたところで着替えようとしたのだが、ココアと入れ替わるように扉がノックされ、開かれる。その向こうには、二人の少女が立っていた。

「おはようございますなの、ご主人様！」

「おはようございますです、ご主人様！」

そう元気よく挨拶してきたのは、メイド服を着ている青い肌の魔族の少女ウルと、巫女服を着ている赤い肌の鬼族の亜人の少女、ルウだ。

こいつらは、この世界では不吉の象徴であるオッドアイを持っている。そのせいで奴隷商で売られていたのだが、たまたまそれを見つけた俺が買い取ったのだ。

ちなみにこの二人を買い取った後、奴隷商は潰してやった……いや、正確には『消した』と言うべきか。俺の魔術を使って、奴隷商のテントごと跡形もなく消滅させてやったわけだし。

そんなわけでウルとルウを迎え入れたのだが、二人とも俺のことを『ご主人様』と呼んでいる。俺たちは家族だ、って伝えたんだけどな……

二人に「おはよう」と返してから、その話を振ってみた。

「なぁ、できれば俺を『ご主人様』以外の呼び方で呼んでくれないか？」

そう伝えると、ウルたちは首を傾げる。俺の言っている意味が分からないようだ。

「ご主人様にご主人様じゃないご主人様じゃダメです？」

「ご主人様ってご主人様って何があるの？」

ご主人様を連呼しすぎて、何を言っているか分からなくなりそうだった。

混乱している二人に、別の質問をすることにした。

「お前らにとって、俺ってどういう立ち位置だ？」

「「立ち位置？」」

二人は声を揃えて、不思議そうに返してくる。ちょっと聞き方が難しかったか？

「ほら、例えば兄とか？」

なんて聞き方をしてみたけど、正直なところ、兄みたいな立ち位置だと言ってほしい。

俺の言葉を受けて二人はしばらく考え込むような仕草を見せた後、ルウがハッとして顔を上げる。

「……お父様？」

そんなルウの一言に、彼女の隣にいたウルは、なるほどと言わんばかりに大きく頷く。

俺はといえば、唖然としてしまった。

おと、お父様……父!? 俺まだ十八歳なのに……そんなに老けて見えるのか？

「なの。暖かく包み込んでくれるのがお父様っぽいの」

「良く言ってくれるのは嬉しいけど、俺はまだそんな歳じゃないからな。せめて兄の方向にしてくれ……！」

俺が懇願するようにそう言うと、二人は頷いてくれる。

「それじゃあ、兄様なの！」

「新しい呼び方、ワクワクです！　……あっ、そういえばノワール様から、お食事の用意ができてるから皆様に伝えてくれって言われてたです」

「そうか、ありがとな」

俺は礼を言ってウルとルウの頭を同時に撫でた。

するとルウが「えへへ」と蕩けたような笑顔になり、ウルはくすぐったそうに首を縮める。

「兄様のナデナデ好きです～」

「ウルはちょっとくすぐったいの……」

ひとしきり撫でてから手を離すと、ルウは寂しそうな表情になり、逆にウルは満足そうにしていた。

それから二人が他の奴らも起こすと言って部屋から出ていったところで、俺はようやく着替え始める。黒を基調とした、いつもの冒険者装備だ。

部屋を出てリビングに向かう途中で、メアとミーナの二人と鉢合わせた。

「おっ、アヤト」

「おはー」

先に声をかけてきたのは、ウェーブのかかった長い金髪と綺麗な青紫色の瞳を持つ少女、メア・ルーク・ワンド。この国の王様の孫娘、つまりはお姫様である。

そんなメアの隣で短い挨拶をしてきたのが、褐色肌に黒髪と赤い瞳、それから猫耳と尻尾が特徴的な亜人の少女、ミーナ。

二人共、可愛らしいパジャマに身を包んでいて、髪が濡れている。

「おはよう、二人共起きてたか」

俺が挨拶を返すと、メアが寂しそうに笑いながら答えた。

「おう、ミーナと風呂に入ってきて、ちょうど上がったところだ」

今上がってきたということは、ウルたちとはすれ違いになったのだろうか？

「こんな朝っぱらからか？」

「魔族の大陸に行くんなら、当分温かい風呂は入れないだろうからな。最後にゆっくりしようと思ったんだよ」

「アヤトもお風呂？」

俺の質問に対するメアの返事に続いて、ミーナが首を傾げて聞いてきた。

俺は入る気がない……というか、空間魔術を使って転移すれば、いつでもこの家に帰ってこられるから、特段今入る必要はないんだよな。

……そういえば、メアたちには空間魔術で移動できることとか魔空間っていう空間を作れることは説明してなかったか。まあ、必要になった時に説明すればいいか。

「いや、もう飯が用意されてるみたいだから、リビングに行く。お前らも早く来いよ」

「ああ、髪を乾かしたら行くよ」

「ん」

そう返事したメアとミーナと別れ、リビングへと向かう。

途中、トイレ付近の手洗い場の前を通りかかったところで、何やら揉める声が聞こえてきた。

「ほら、早くしなさいよ」

「ちょ、いたっ……分かってます、分かってますから蹴らないでください！」

一体何をしているんだろうかと覗いてみると、洗面台の鏡の前に立って顔を洗っているカイトと、そのふくらはぎを蹴り続けるフィーナがいた。

カイトは俺の通っているコノハ学園の中等部一年生で、先日行われた学内対抗模擬戦で同じチームだった少年だ。俺の内弟子になって魔族大陸にも付いてきたいとのことだったので、昨晩のうちにこの屋敷に引っ越してきてもらった。元が寮住まいだったから、現時点では正確には退寮手続き中なんだけどな。

ちなみに今日の服装は制服ではなく、白の半袖シャツに茶色のズボンと、ラフなものだった。

そんなカイトの後ろからローキックを打ち込み続けているのが、紫色の長髪に二つの黒い角、そして青い肌が特徴的な、魔族のフィーナ。元魔王ペルディアの側近で、現魔王に俺が勇者だと誤解される原因を作った奴だ。

どうやら暑がりらしく、へそ出しのタンクトップに股下の短いホットパンツという、かなりきわどい格好をしている。

「……何してんだ、お前ら？」

「この声は……」

顔についた泡を洗い流すために洗面台に伏しているカイトが声を上げると、フィーナがこちらに振り向く。

「あら、あんたも顔を洗いにきたの？」

「いや、通りかかったら、なんか聞こえてきたから覗いただけ。朝食の準備ができてるらしいから早くしろよ？　あとおはよう」

「……ふん！」

念のために挨拶してみたが、鼻を鳴らしてそっぽを向かれてしまった。馴れ馴れしくする気はない、か。

そんなフィーナの態度に苦笑していると、顔を洗い終わったカイトも振り向き、笑顔を向けてきた。

「おはようございます、師匠！」

声を張ったカイトの挨拶に『元気がいいなー』と思いつつ、その呼び方が引っかかった。

昨日までは『先輩』呼びだったのに。

「呼び方、変えたんだな」

「はい、師弟関係になったんならやっぱり、こういうのがいいかと思いまして。でも、いきなりは変でしたか？」

「いや、いいんじゃないか？　まずは形からって言うしな」

色々と一新したことを自覚するのにも効果的かもしれない。

俺自身、師匠と呼ばれてようやく『俺も弟子を取ったんだな』と実感しているのだし。

そんな俺たちを見たフィーナは、呆れた様子でため息を吐く。

「朝から暑苦しいわね。ただでさえ暑いんだから勘弁してよ」

そう言いながら、手をうちわ代わりにして顔を扇ぐフィーナ。

しかし俺からすれば、この世界の夏は日本と違って快適な温度と湿度が保たれているのか、かなり過ごしやすい。シトが言ってた仕事ってのは、こういう気候の調整とかなんだろうな。

「ああ、そういえばご飯あるのよね？　じゃあ、先に行ってるわ」

そう言いながら俺の横を通り過ぎようとするフィーナ。

あれ、顔洗うんじゃないの？

「ここ使わないんですか、フィーナさん？」

俺の心中をそのまま代弁してくれたカイトに向かって、フィーナが嬉しそうに笑いかける。

あ、こいつ……

「私はもうメアたちとお風呂に入った時に洗ってきたわよ」

「え……じゃあ、なんで俺、蹴られ続けてたんですか……?」

フルフルと肩を震わせるカイトの疑問に、今度はいやらしい笑みになるフィーナ。

「反応を見たかっただけよ」

それだけ言って洗面所から出て行く彼女を、カイトは唖然として見送った。

「師匠……なんだか足と心が痛いです」

「ここに住むんなら今のうちに慣れとけ、その痛み」

多分フィーナはこれから先もことあるごとにちょっかいを出してくるだろうし、それに少なくとも、修業で心身共に鍛える痛みよりはマシだから。

と、そこまで考えたところで、ふと疑問が一つ浮かんだ。

『これから先も』だなんて、フィーナとは長い付き合いになると考えているみたいだが、そもそも魔族の大陸に行った後、あいつがどうするかは確認していない。

もしかしたら、そのまま向こうに残るかもしれないし……一緒に帰ってきてくれたら賑やかでいいと思うんだがな。

俺もなんだかんだ文句は言ってるけど、騒がしいのはそんなに嫌いじゃないしな。

なにせ、この異世界に来るまでの十八年間の俺の人生で、友人と呼べるような相手はただ一人、新谷結城だけだ。

昔から俺の周囲は、呪いの余波で危険に晒されるのが常だったため、近付いてくる人間は皆無だった。

結城だけは、俺の不幸体質を面白いと言って気さくに絡んできてくれたが、それ以外の連中と大人数で騒ぐなんてことはなかった。

だからこうやって、一緒に騒ぐ住人が増えてくれると、嬉しくなってしまうのだ。

しかし結城は今頃、あっちで何してるんだろうな、心配かけてたら申し訳ないな。

まぁ、この世界にいないあいつのことを考えていてもしょうがないか。

俺は気持ちを切り替えて、カイトと一緒にリビングへと足を運んだ。

## 第2話　にぎやかな食卓

リビングに着くと、既に四人が食事の載ったテーブルについていた。

メアとミーナとフィーナ。そしてもう一人。

「告。おはようございます。今日は卵やパンを使った料理のようです」

俺の顔を見て一番にそう発言したのはヘレナだった。

銀色の艶めかしい長髪、射抜くように鋭い瞳、体の所々にある黒い鱗が特徴的だ。胸がかなり大きいにもかかわらず、なぜか俺のワイシャツを着ているため、胸元がピッチピチだ。

他の服も買い与えているのになんでわざわざ俺の服を着ているのか、それには理由がある。

と、突然ヘレナが席を立ってこちらに近付いてきて、俺の体の匂いを嗅ぎ始め……

「問。少々濃いいい匂いがするのですが、運動でもしましたか?」

そんな変態発言をかましてきた。

……そう、こいつは匂いフェチなのだ。そのため、ことあるごとに俺の使用済みの服を着ようとするのだ。以前、洗濯に出そうとした俺の服を奪って、その上その場で着替えようとした時は、さすがに頭を叩いてやった。

そんな変態であるヘレナは、見た目は普通の人間や亜人に近いが、竜人という種族らしい。竜人というのは竜が人化した姿を指すので、正確には竜なんだそうだ。正直半信半疑だったのだが、昨日、自らの片腕を竜の腕そのものに変化させる姿を見せられたので信じるほかない。

まあ、こいつが本物の竜だからといって、俺の態度が変わるわけではない。

「当たりだ、おめでとう。くだらないこと言ってないで早く席に戻れ、変態」

「告。アヤトに関しては変態になれる自信があります」

何の自慢なのか、思いっ切り胸を張るヘレナ。

しかしただでさえ大きい胸をそんなパツパツのシャツで突き出したら……

――ブチッ！

そんな音を立ててヘレナの着ているワイシャツのボタンが千切れ、俺の顔へ向かって飛んできた。

「おっと、危ね」

かなりの勢いで飛んできたそれを、俺はヒョイッと避けたが、後ろにいたカイトは避けきれずに額にクリティカルヒットさせていた。

「あああ痛あぁぁぁっ⁉」

カイトはあまりの痛みに、額を押さえながら膝を突き上を向いて叫んだ。

その姿はまるで、大切な者を失って嘆き悲しむ人のようだった。

「あぁ、カイトが悲惨なことに……っていうか昨日の乳に吹っ飛ばされたアレといい、ヘレナに攻撃されてばっかだな、お前？　なんかバチが当たることでもしたか？」

「告。種族によっては逆にご褒美となるのではないでしょうか？」

首を傾げてそんなことを言うヘレナ。やめろ、Mっ気があるからって別種族扱いするのは。

失礼なことを言うヘレナの頭を鷲掴みにして席の方に向かせ、座るように促す。

口を尖らせながらヘレナが座り直したところで、真っ黒なタキシードに身を包んだノワールがやってきた。黒髪黒目に黒タキシード、黒手袋と、この真夏に黒ずくめなんだが暑くないんだろうか。悪魔だから大丈夫なのか。

「おはようございます、アヤト様。ここ最近、睡眠をあまり取られていないようですが、お身体に障りはございませんか？」

そう言って俺の顔を覗き込み、心配してくれるノワール。二十年前の世界大戦で世界を恐慌に陥れ『災厄の悪魔』と恐れられているこいつだが、掃除や洗濯は完璧、美味い食事だって用意してくれる。もはや悪魔というより家政婦である。

「ああ、問題ない。ちゃんと寝てる時は寝てるからな。それよりウルとルウを呼びに言ってくれないか？　皆を起こして回るって言ってたけど、もう必要ないみたいだから」

ノワールは俺の言葉に「かしこまりました」と答え、廊下に出る。

テーブルの方に視線を戻すと、メアとミーナが並んでいる食事に手を付けていた。

「よっ！　先に食ってるぜ」

「ん、お先」

メアの後ろには、鎧を着た黒い骸骨――スケルトンナイトのクロが静かに佇んでいる。

こいつはメアが召喚術の授業で召喚した魔物なのだが、その微動だにしない姿は、学校の理科室にあった人体模型を想起させた。朝っぱらから不気味すぎるだろ。

さらにテーブルの奥側、ミーナの足元近くでは、彼女が召喚した白竜の子供、ベルが床に置かれた皿から飯を食っていた。子竜ながらに俺とそう変わらない大きさを誇るベルだが、こうやって見ていると犬と大して変わらないな。

カイトがメアとミーナに「おはようございます」と元気に挨拶しているのを見ていると、ノワールがウルたちを連れて帰ってきた。

そのままノワールとココア以外の全員が席に着き、雑談をしながら食事を取り始める。

「そういえば、リナとエリーゼさんって、もうすぐ来ますかね？」

しばらく食事を進めたところで、カイトがそんな声を上げた。

リナというのはカイトと同じ中等部の一年生で、模擬戦で同じチームだった女の子だ。これまたカイトと同様、俺の内弟子になって魔族大陸に行くと言うので、身支度を整えてこの屋敷に来てもらうことになっている。

一方、日本からの召喚者で高等部三年生のエリーゼは、特に俺の内弟子になるというわけではないのだが、この屋敷に住まわせてほしいと言ってきたので許可した。俺は神の招待、エリーゼは人間による召喚と、微妙に境遇は違うが、同じ日本出身が家にいるってのは悪くないしな。

リナは学園近くの実家から、エリーゼは拠点にしている隣街の宿屋から学園に通っていたため、話の纏まった昨晩のうちに、荷物を取りに帰っていた。

「昨日はエリーゼがリナを送って帰るって言ってただろ。多分今日も迎えに行ってくれてるだろうし、そろそろ来るんじゃないか？」

俺がカイトにそう答えたところで丁度、玄関の方からチャイムの音が聞こえてきた。

俺が立ち上がる間もなくノワールがリビングから出ていき、しばらくしてリナとエリーゼを連れて戻ってきた。

「おはっ……おはよう、ございます……！」

「おはようございます、皆様。今日は絶好の遠足日和でございますね」

前髪に隠れて見えにくい顔を真っ赤にしながら、どもりつつ挨拶するリナと、相変わらずの無表情で微妙な冗談を飛ばしてくるエリーゼ。

リナは水色のシャツにピンクの短いスカート姿、エリーゼはシンプルな白いシャツに黒の長いスカートと、可愛い系とシック系の、なんとも対照的な二人だった。

そんな二人に、メアたちも各々に挨拶を返す。

「遠足日和ってほど晴れてないし、そもそも魔族大陸行きは遠足じゃねえよ……ところで二人共、飯は食ったか？」

俺の質問にエリーゼは首を縦に振り、逆にリナは横に振る。

「宿でとりましたので、問題ありません」

「急いでたから、忘れてました……あっ、これ、お母さん、が渡しなさいって……」

「リナの母親から？　っていうか、いきなり学内の屋敷に引っ越したいだなんて、なんて言って説得したんだ？」

リナから受け取った袋の中身を覗きながらそう聞く。

「特別に無料で、住める家が学園に、あるって、言いました。あっ、それ……コルクって名前の、お菓子、です。よかったら、皆さんで食べて、ください」

そう言って微笑むリナ。

マジか、いいお母さんだな。今度リナが帰省するタイミングでちゃんとしたお土産を持たせてやるか。

「では、私からはこちらを。ちょうど、甘いお菓子に合うお茶の葉を持ってきました。ご一緒にお召し上がりください」

エリーゼはそう言って、机の上に袋を置いた。

「悪いな……あ、とりあえず二人共席に着いてくれ」

俺はそう言って二人を座らせ、リナには食事を、エリーゼにはお茶を出すよう、ノワールとココアに指示を出す。

そうして二人が戻ってきたところで、皆を見渡しながら話を切り出した。

「――さて、魔族大陸に行くって話までは昨日したと思うが、ここで話を整理しておこう」

俺の言葉に、皆は食事の手を一旦止め、視線をこっちに向ける。

「まず、俺たちは今日これから、魔族の大陸へ向かう。目的は二つだ。一つは現魔王グランデウスを倒すこと。もう一つは、グランデウスに捕らえられている元魔王ペルディアの奪還だ」

そこで一度区切り、言葉を続ける。

「グランデウスは、なぜか俺のことを勇者と勘違いしている。そのまま放っておいた場合、攻め込んでくる可能性があるから、先に殴りに行こうって話だ。で、ペルディアの件については、フィーナからのお願いってのと、シトからも頼まれたからだな」

俺はそこまで言うと軽くため息を吐いて、コップに入った水を口にする。

するとカイトが首を傾げる。

「あれ、待ってください……魔王を倒しに行くってだけじゃありませんでしたっけ？」

「ああ、そういえばお前らにはそんな話しかしてなかったか。ちょっと前にクーデターで魔王が代わったらしくてな、元魔王が捕らえられてるんだと。で、その元魔王ってのがフィーナの大事な人で、ついでにシトのお友達だからってことで助けるつもりなんだよ」

そこまで説明してやると、カイトもリナも黙ってしまった。あまりの情報量に頭がついていかないんだろう。

そんな二人の様子に苦笑しながら、本題に戻す。

「魔族の大陸までの足になる船は、学園長が用意してくれるらしい。そんで、向こうに着くまでは船上生活なわけだけど、時間が勿体無いからその間に魔空間を使ってカイトたちに修業をつける。向こうに到着してからも魔空間は利用するつもりだ」

俺の言葉で我に返ったカイトが尋ねてくる。

「っていうことは、俺たちはずっと魔空間にいて、魔族大陸に直接降り立つことはないんですか？」

「いや、そんなことはないぞ？」

「え？」

口をポカンと開けるカイト。

「冒険者志望だから強くなりたいって言ってたよな。冒険者になったら魔物と戦うことになるってのは理解してるよな？」

「そりゃあまぁ、はい……って、もしかして？」

「ああ、多分お前が考えてる通りだ……魔物と実戦で戦わせる」

「「ええっ!?」」

カイトとリナ、二人の驚く声が屋敷に響く。

色々と質問攻めにされるかなと思っていたが、二人はあまりの衝撃に固まってしまっていた。

そんなカイトたちよりも先に、メアが口を開く。

「なああアヤト、その魔空間ってのはよく分かんないけど、俺も向こうの大陸で魔物と戦っていいんだよな？」

カイトたちとは逆に、虫捕り少年のようにワクワクした表情を浮かべてそう聞いてくるメア。

「うーん、正直あまり戦わせたくはないんだよな。俺がお前を鍛えてきたのはあくまで自衛用であって、暴れさせることが目的じゃなかったし……」

そもそもメアが俺たちと行動を共にしているのは、引きこもっていた彼女を復学させ、護衛するように王様から依頼されていたからだ。

万が一俺の目が届かない時に最低限の自衛の術は必要になるだろう、と考えて鍛えてはいるが、そもそも姫様に戦い方を教えているという時点でおかしな話なのである。

それを、積極的に魔物との戦いの最前線に出してしまうような事態になれば、ますます話がおかしくなる。もはや護衛でも何でもなくなってしまうんじゃないか。

しかし、守られる立場であるメアが自ら戦いたいと言っているのはどうするべきか……

「まぁ、そうだな。怪我をしないようにフィーナたちと一緒に戦えば……大丈夫か？」

結論を曖昧にしながら、フィーナに視線を向ける。

いつもなら『なんであたしを見るのよ？』とか『こっち見ないでよ！』みたいな反応をしてくれるので、そのままこの話題を終わらせられないかなと思っていたのだが……

「……メアがお姫様だとか関係なく、やりたいって言うならやらせてあげれば？　それでもう戦いたくないって言ったらそれまでにすればいいし……何よ？」

フィーナの助言に、思わず目を見開いて驚いてしまう。いや、内容的には至極真っ当なことを言っているんだが……

周りを見渡せば、俺だけでなく、ミーナやココアでさえも同じような反応だった。

「いや、まさかまともに答えてくれるとは思わなかったから……」

「っ！　い、今のは別に優しさとかそういうんじゃなくて……」

俺の言葉に、失言だったと言わんばかりに慌てるフィーナ。

「分かってる分かってる。お前もメアに怪我してほしくないんだろ？」

そうからかってやると、フィーナは一瞬で顔を真っ赤にして、持っていたフォークを投げつけてくる。

「危ねぇな」

俺は飛んできたフォークをキャッチすると、それを使って肉を食べた。

「あぁぁああっ!?　何、あたしが使ってたフォークを当たり前のように使ってるのよ、変態！」

その手の嗜好の人間がいたら『ありがとうございます！』とでも喜ばれそうなセリフで怒鳴ってくるフィーナ。

そんな彼女を見ていると、さらにからかいたくなってしまう。

「え、これを使えってことじゃなかったのか？　優しいフィーナ様」

「死ねっ！」

激怒しながら代わりのフォークを取るために席を立つフィーナ。

俺たちは軽く笑いつつ、食事を続けるのだった。

## 第3話　港街へ

食事を終えて屋敷を出た俺たちは、学園の入り口へと向かった。

今一緒にいるメンバーは、俺、メア、ミーナ、カイト、リナ、フィーナ、ヘレナ、ノワールの計八名である。とはいえこれが魔族大陸行きの全員というわけではない。

精霊王たちは俺の体の中で待機中だし、ウルとルウ、そしてベルとクロについては魔空間に移ってもらった。

正直なところ、そのまま屋敷にいてもらってもいいのだが、たまには広々とした魔空間で遊ばせようと思っているのだ。

それに、もしかすると魔族大陸で出番があるかもしれないしな。

ちなみにエリーゼだけは、ずっと屋敷にいるそうだ。どれだけかかるか分からないが、かといってずっと屋敷を放置して汚くするわけにはいかないんだとか。たしか初めて会った時に『本業はメイド』とか言ってたから、気になってしまうのだろう。

早朝の学園前は、夏休み初日ということもあってか生徒の姿は全くなく、何台かの馬車と学園長ルビアの姿があるだけだった。

「おはよう、皆。約束の時間ピッタリだね……初日に出発するって話は聞いてたけど、こんな早朝に出発するならもっと早く言ってほしかったよ。準備は整えてあったからいいんだけどさ」

学園長は自分の腕時計を見ながら、苦笑気味にそう言う。

学園で会う時と同じタキシード姿のままだ。どうやら、学生が夏休みになっても教員の仕事はまだあるらしい。

「悪いな」

と俺が答えると、学園長は肩を竦めて言葉を続ける。

「まあ君の無茶苦茶っぷりは今に始まったことじゃないからいいさ。ところで……そこにいるのが、例の魔族の彼女、なのかな？」

俺の隣に立っている、全身をローブで隠したフィーナを見ながら、学園長が聞いてくる。

フィーナが羽織っているローブは、ミーナが初めて俺と会った時に着ていたものだ。

相手の認識を阻害して正体を隠す『ハーミットローブ』というアイテムらしい。

多少手足が出てしまっていても、効果はちゃんとあるそうだ。俺からは青い肌が丸見えで、本当に効果があるのか疑わしいのだが……これで正常な状態なんだそうだ。

どうやら、着ている者の素顔を知る者、着るところを見た者、本人が姿を見せてもいいと思っている者、この三者相手には効果が無くなるらしい。

俺たちはその全てに該当しているためにフィーナだと認識できているが、学園長は彼女の素顔をしっかりと見たことがなかったため、ちゃんと効果が発動しているようだな。

ちなみにこのローブの認識阻害効果は、『見破り』というスキルを持っている相手には通用しないそうだ。

俺が学園長の問いに頷くと、学園長はまじまじとフィーナを見つめる。

「……うん、そのハーミットローブ、性能はしっかり保たれてるみたいだけど、かなり古いね？　新しいのを仕入れてあるから、こっちのを使ってくれ」

学園長はそう言って、近くに停めてある馬車から大きめの箱を持ち出す。

蓋を開ければ、新品のハーミットローブが十数着入っていた。これなら俺たち全員分と、多少の予備分にはなるか。

「準備がいいな？」

「当たり前だろ？　これから君たちが行くのは魔族の大陸なんだ。目の敵にされてる人間や亜人が堂々と侵入しているのを発見されたら、無駄な争いが発生するのは目に見えているからね」

俺の言葉にドヤ顔で答える学園長の声を「ふーん」と聞き流しながら、新品のローブを皆に配っていく。

最後にミーナにローブを差し出したのだが、ミーナは首を横に振って受け取りを拒否した。

「どうした？」

「私は自分のローブを使う。これは思い出の品だから」

そう言ってミーナは、フィーナから返してもらったローブを羽織った。

『思い出の品』ってことは、ミーナのそれは買ったやつじゃなくて、家族の誰かのものを持ってきたんだろうか？

少し興味が湧いたが、深く聞くのも気が引けたので「そうか」とだけ返した。

そんな俺たちを見ていた学園長だったが、俺たちが落ち着いたのを確認したところで、一度大きく手を鳴らす。

そして「さて、ところで」と前置きしてから、わざとらしい笑みを浮かべた。

「アヤト君、聞いていいかな？　この前、魔族大陸行きの話をした時にはいなかった中等部の子たちが、なぜ、君らに混じってそこにいるんだい？」

そう言ってカイトたちを手の平で示す学園長。その物腰の柔らかさが逆に怖い。

うーむ、どう説明すれば学園長を納得させられるか……

と、考えていたのだが、俺が何かを言うより先に、カイトとリナが前に出て頭を下げる。

「おはようございます、学園長。俺たちも魔族大陸に行かせてください！」

カイトの言葉にリナも頷く。

おお、しっかりと自分の意思を主張するとは……なんとなく感動してしまう。

しかし学園長が、それで許可を出すはずもなかった。

「……何をバカなこと言ってるんだい？　遊びじゃないんだぞ、これは！」

早朝の学園に響き渡るほどの、学園長の怒号。その声量と険しい表情に、カイトたちは小さく悲鳴を上げてしまっていた。

そして学園長の怒りの矛先は俺へと向く。

「魔族大陸は危険な土地だ、それは分かっているだろう？　ああ、君はいいだろうね、僕よりも遥かに実力のある人間だから。しかし彼らは違うぞ、アヤト君……彼らはただの学生だ！　なのになんで彼らを……！」

「もう、『ただの』学生じゃないからだ」

俺がそう言い放つと、激しく憤(いきどお)っていた学園長は理解不能とでも言いたげな表情を浮かべた。

「それは、どういう……？」

「こいつらは正式に俺の弟子になった。だから修業の一環(いっかん)として連れていく」

「で、弟子!?」

学園長は一言そう叫び、口をパクパクとしながら唖然とする。

ん？　俺、何かおかしなことを言ったか？

「それは……『正式に』ってことは、それだけ真剣に彼らを育てるつもりがある、ということかい……？」

「そうだ。できれば俺と同じレベルになってほしいと考えてる」

俺の言葉に唸(うな)りながら頭を抱える学園長。

「色々言いたいことは分かったけれど……」

中々納得してくれない学園長の肩にポンッと手を置く。

「カイトたちは冒険者になるのが目標だし、どうせいつかは魔物と戦うことになるんだ。だったら一足先に経験させてやるのも先生の役目ってやつじゃないのか？」

とりあえずそれっぽいことを適当に言ってみる。

その言葉に学園長が揺らいでいるのが、よく分かった。

「先生として……そう、かな？」

「そうだ。間違った知識を仕入れて無駄死にすることになる前に、俺がしっかり鍛えてやるから」

要訳すれば、『お前の学園は間違った育て方をしてる』と言っているようなもんだけど、怒られるかな？

「……分かったよ、カイト君とリナさんの同行を認める。でもその代わり、全員必ず生きて帰ること。いいね？」

……よし、許可は貰えた。しかも教育方針を否定されたことに気付いてないみたいだ、ちょろいな。

学園長の言葉に、俺たちは力強く頷いた。

「それじゃあ皆、馬車に乗ってくれ。早いところ決着をつけてもらった方が、僕の胃が痛まないで済む……」

そう言って腹の上の方をさすりながら馬車に乗り込む学園長。

責任者の立場も大変なんだなー、なんて他人事のように思いつつ、俺たちも続いて馬車に乗り込んでいく。

行先は、ここから馬車で二時間くらい離れた港街だ。そこに学園長が船を用意してくれ

ている らしい。

全員が乗り込んだか確認するために外を見たのだが、ただ一人、ノワールだけが乗らずに外で待機していた。

何をしているのかと聞こうとすると、その前にノワールが口を開いた。

「私は一足先にあちらで待っています。それでは皆様、二時間ほどの馬車の旅を、どうぞごゆっくり……」

ノワールはそう言って足元に裂け目を作り、落ちていった。空間魔術か、アレ。

「「「「「「……」」」」」」

今この場にいる者が考えていることは、大体一致してるだろう。

——ズルいなぁ、と。

俺も、一度でも行ったことがある場所なら同じように一瞬で向かえるのだが、今回の目的地である港街には、残念ながらまだ行ったことがない。

「……ま、俺たちは俺たちで、馬車の旅を楽しむか」

そう言った直後、あることに気付く。

「誰が馬車の運転をするんだ？」

そう、ここにいる誰も、御者の経験がないのだ。

この世界に来たばかりの俺、お姫様、中等部生二人、ちょっと前まで籠手だった竜。

ミーナとフィーナならばと思って視線を向けるが、首を横に振られてしまった。

どうするんだと思いながら学園長の方を見ると、飄々(ひょうひょう)とした態度で答えてくれた。

「ああ、それならもうすぐ彼女が来るはずだよ」

彼女? と俺たちが首を傾げたその時、遠くからゆったりとした声が聞こえてきた。

「遅れてすみません～」

その声のする方を馬車の中から覗くと、なぜか俺たちのクラス担任であるカルナーデ先生が走ってきているのが見えた。

「……なんでカルナーデ先生?」

「彼女も君たちの事情を知っている一人なんだ。といっても、僕が教えたのだけれど」

秘密をバラした、という言葉に、俺は眉(まゆ)をひそめて学園長を見る。

学園長は俺の視線を気にした様子もなく、窓から身を乗り出して「こっちこっち」と叫んでカルナーデ先生を手招きしていた。

少し息を切らしながら馬車の前に来たカルナーデ先生は、微笑みを崩(くず)さないまま頭を下げて挨拶してくる。

「おはようございます～。これからアヤト君たちが魔族の大陸に行くということで、港までの馬車を私が運転することになりました～」

相変わらず緊張感(きんちょうかん)のない口調(くちょう)で話すカルナーデ先生。

　再び頭を上げた時にポヨンと弾んだ胸にカイトの目がチラチラといってしまい、その頭をリナが弱々しくチョップしていた。

　そんな二人を横目に、俺は学園長に問いかける。

「なんでカルナーデ先生に……っていうか、他の奴にも話したのか？」

「いや、カルナーデは僕が一番信頼している教職員だ。君たちの担任でもあるんだし、事情を話しておいた方がいいかと思ってね」

「信頼……信頼ねぇ？」

　カルナーデ先生を見ると、頭にハテナマークを浮かべて首を傾げていた。

「……まあ、この先生なら俺たちの情報を悪用することはないか」

　普段ののほほんとした言動を見る限り、他人を利用したり貶めたりするような人ではなさそうだしな。学園長と先生を信用することにしよう。

「それにしても、カルナーデ先生が御者をできるなんて……ちょっと意外でしたよ」

　俺がそう言うと、カルナーデ先生は両手の指を胸の前で絡ませながら、嬉しそうに「うふふ」と笑った。

「私、白馬の王子様に迎えに来てもらうのが夢なんです～♪」

「……？」

　えっと、どういうことだ？

困惑していると、カルナーデ先生が答えてくれた。

「馬に乗れない子を好きになっても、教えられるように馬の勉強をしたんです。それで、御者もできるようになったんです～」

「白馬の王子様ってのは、女の子らしい夢であるとは思うんだけどね……」

学園長はそうフォローするけれど、なにがなんでも夢を叶えようとするその姿勢、正直軽いホラーだと思う。

俺はそう考えながら、頬を引きつらせるのだった。

ひとしきりカルナーデ先生に恐怖したところで、馬車は出発した。

港街には予定通り二時間ほどで到着し、ノワールと合流した俺たちは、早速港へと足を運ぶ。

港街というだけあって漁業も盛んなのだろう、港にはそれなりの数の船が並べられている。

そんな中、他の漁船と比べて一際大きな船が隅の方に停泊していた。

「あの隅のやつが僕の船だよ。どうだい、立派だろ？　冒険者をしていた頃にプレゼントされたものなんだ」

そう言って自慢げに胸を張る学園長。

「船をプレゼントって、どんな金持ちだよ……っていうか学園長、実は冒険者の頃はモテてたのか？」

「ハッハッハ……あまりふざけたことを言ってると、君たちが乗る予定の船を魔術で壊すよ？」

学園長が額に青筋を浮かべて笑顔で言う。

おお、怖い怖い。いや、あんまバカにしたつもりはなかったんだけど。

「違うのか？ プレゼントっていうからてっきり……まぁいいや、さっさと行こう」

俺はそう言って皆と一緒に船に乗り込み、船内を見て回る。

サイズや内装の規模感を元の世界でたとえるなら、金持ちが個人で所有するそれなりに大きなクルーザーといったところか。

そして部屋があるであろうキャビンの入り口部分には、黒と金で装飾されている、その他の部分に比べて不釣り合いなほどに豪華な扉があった。

「なんでここだけ無駄に豪華なの？」

「無駄って言うな、無駄って。しょうがないじゃないか、構造上こういうものなんだし、デザインは既に作ってあったこれしかなかったんだから」

そう言いながら学園長が扉を開けると、外観から推測されるよりも明らかに広い部屋が広がっていた。空間魔術の一種だろうか。

しかもただ単に広いだけではなく、トイレや風呂、さらにはキッチンやベッドなどの設備がしっかりしていて、ちょっとした豪華客船みたいだ。

メアは「スゲースゲー！」と興奮しながら、ミーナと一緒に部屋の中を見て回っている。

「……これはとりあえず、『なんじゃこりゃー！』って叫んだ方がいいのかな？」

俺の言葉に、学園長はフフンと鼻を鳴らす。

「喜んでもらえたのならよかったよ。実はこの船、プレゼントされてからちょっと改造なんかもしたんだけど、結局一度しか使ってなかったからね。船の旅があまり好きじゃなかったとはいえ、勿体無いなと思っていたんだ」

これだけいいものを使わないというのは、たしかに勿体無いな。改造ってのは、さっきの扉とこの部屋の空間魔法のことかな。

そんなことを考えていると、ノワールが「ほう」と、感心したような声を零していた。

「学園で中庭を見た時も思ったが、私が与えたたったあれだけのヒントで、ここまで技術を発展させたか」

少し嬉しそうにそう言うノワール。

一方でルビアも、ノワールの言葉に皮肉気味に返していた。

「まあね。だけど何より大変だったのは、生き残ってそのヒントを持ち帰ることだったよ」

その時のことを思い出したのか、疲れた表情で大きくため息を吐く学園長。

何の話だろうかと思ったが、学園長とノワールは二十年前の戦争の時に面識があるって話だったから、きっとその時のことだろう。

と、そこで学園長が俺の方に笑顔を向けてくる。

「それじゃあ、この船は君にあげるよ」

「あん？　何言ってんだ、こんな高そうなもんを……」

「タダだろうが高価だろうが、使わなかったら結局宝の持ち腐れだしね。それに、これから魔族大陸に行く君たちに貸したとして、無事に返ってくる保証なんてないんじゃない？　だったら最初から与えた方が気が楽なのさ」

俺たちの話を聞いていたメアたちが「おお～」と声を上げる。

しかし……

「要らないから押し付ける……ってことじゃないよな？」

俺の言葉で、わずかに肩が跳ね上がる学園長。

おそらく、学園長の言葉に嘘は無いだろう。

しかしその裏には、使わないまま放ってあるこの船を処分したいという気持ちがあるように思えたのだ。

そしてそんな想像は当たっていたようだ。

動揺を隠せないまま、学園長が言い訳する。

「そそんにゃわけないじゃないか……べ、別に贈り主がとある王様だったから捨てるに捨てられないとかそんなんじゃなく……」

「言ってる言ってる。めっちゃ自分で墓穴掘ってるぞ、学園長」

噛みまくってる上に自白してるようなものである。

学園長は気を取り直して言葉を続ける。

「とにかく！　それはもう君のものだ。煮るなり焼くなり壊すなり沈めるなり、好きにしてくれて構わないよ」

こいつ……魔王を倒しに行く奴らに与えたという大義名分で、何がなんでもこの船を手放す気だな？

しかも無事に帰ってきたらまた自分の手元に戻ってきそうだから壊してほしいと……誰だよ、こいつに船なんかプレゼントした奴は？

「……ま、最悪、収納しておけばいいか」

「ん？　何か言ったかい？」

俺の呟き声を拾った学園長が首を傾げる。

「うんにゃ、なんでもない。それじゃ、ありがたく頂戴していくかね」

俺がそう告げると、学園長は頷いて船から下りる。

波止場に降り立ってから振り返り、見上げてくる学園長に、別れを告げようとする。

ところがそこで、あることに気付いた。

誰かいないような……？

その違和感は、船に乗っている人間が少ないというものではなく、こちらを見送る学園長側が一人足りないというものだった。なんなら、俺たち側が一人多い気がする。

そして原因は、すぐに見つかった。

「行ってきますね～、学園長～♪」

俺の横で手を振っているカルナーデ先生である。

「君はこっちだ！」

しかし結局、カルナーデ先生は学園長によって、あっという間に引きずり下ろされてしまった。

「あぁん、私も旅行行きたいです～！　せっかくの長期休暇なのに～……」

旅行て……

「なんで魔族大陸に遊び気分で付いていこうとしてるの！　それに君はまだ仕事が残ってたはずだよ？　休暇はその後！」

「それは明日やりますから～！　だから行かせてくださいよ～」

「明日までに帰ってこれるわけないだろ！」

そんな風にぎゃあぎゃあと騒ぐ学園長たち。

最後まで賑やかな彼女らを尻目(しりめ)に、俺たちは港を出発した。

## 第4話　出港

「「おぉ～！」」

船内に子供の歓声が響く。声の主はウルとルウだ。

船が出港して学園長たちの目がなくなったところで、俺は空間魔術を使ってウルたちを船に連れてきた。

突然現れた二人にメアたちは驚いていたが、後で説明するといって納得してもらった。

ベルとクロは魔空間に置いてきた。ベルに船上で暴れられても困るので、あっちでクロに相手をしてもらっている。

皆が各々に船上を楽しむ中、俺も船内を見て回る。

その途中、ダブルベッドが二つずつ用意された部屋を三つも見つけた。

こんだけあったらベッドに困ることはないか、なんて思っていると、その一つの部屋のベッドの上にミーナが横たわっていた。

「なんだ、もう寝るのか?」

そう聞きながらミーナの寝転ぶベッドに腰掛けると、ゴロゴロと転がってくる。

「違う。モフモフを堪能してた」

そう答えたミーナはそのまま、俺の膝に頭を乗せてきた。いわゆる膝枕ってやつだ。

ミーナの表情は若干嬉しそうにニヤけていた。

「アヤトに出会ってからお金に困らなくなったり、大きいお屋敷に住めたり……贅沢ばかり。夢みたい」

「それはよかったよ」

そう言って頭を撫でてやると、ミーナはゴロゴロと喉を鳴らし、しばらくしてそのまま眠ってしまった。

結局寝ちまったじゃねえか……まあ、今朝は早かったから仕方ないか。

ミーナが熟睡してしまったので、船が気になっていたらしい精霊王たちは、俺の体から離れて探検しに行った。

俺も二十分ほどはミーナの頭を撫でながら休んでいたのだが、もう少し船を見て回りたかったので、そっと枕と膝を入れ替えて、部屋から出て行った。

軽く船内を回ったがノワールの姿が船内に見えなかったので外に出てみると、キャビンの上で何かをしていた。

「何か面白いものでも見つけたのか?」

四角いブロック型の水晶のようなものに手を当てているノワールに、そんな質問をする。

俺の声にこちらを振り返ったノワールは、ニッコリと笑いかけてきた。

「いえ、ただ船を操作しているだけです。これはそういう魔道具なので」

船を操作という言葉が気になった俺は、ノワールの肩越しに水晶を覗き見る。

そこには地図のような画が映し出され、赤い点が二つと緑の点が一つ、そしていくつもの三角形が一列に並んで二つの赤い点を繋いでいた。

その三角形の列に緑の点が置かれている、ということは……

「地図と船の進路か」

おそらく赤い点が出発地と目的地、緑の点が現在地なのだろう。

「クフフ、説明の必要はありませんね、正解です。出発地と目的地を結んだ線に沿って動くようになっているのです。そしてこの道具は地図であると同時に、船の動力機関でもあります……魔力の流れを視てみてください」

ノワールの言葉に従い、目を集中させて魔力の流れを読み取る。

すると、ノワールの体から水晶へ黒いものが流し込まれ、船全体へと行き渡っているのが分かった。

っていうかノワールのこれ、本当に魔力なのか？　ずいぶん黒いな……

大丈夫なのかという心配を他所に、船はしっかりと動いていた。

「これがこっちの世界の船か……にしても、なんか速くないか？　これが普通なのか？」

「いえ、船の速度は魔力を注ぐ量によって変動します。少量であればゆっくりに、大量であればこのように……」

ノワールがそう言って、今までよりも魔力を多めに注入する。

すると途端に、ただでさえ速かった船速がさらに上がり、船の先端辺りが微妙に浮いてしまっていた。

と、すぐに元の量に戻したノワール。

「好きな速度で船を動かせるというわけです。今は皆様が驚かれないようそれなりの速さにしておりますが、これでも明日の正午には到着するでしょう」

「分かった。んじゃ、任せた」

ノワールは片手を水晶に当てたまま、頭を下げてくるのだった。

それから一時間ほど、デッキの先端でボーっと海を眺めていたのだが、肌寒くなってきたのでキャビンに戻る。

キャビンには、メアとミーナ、ヘレナとフィーナに、カイト、リナ、ウル、ルウと、全員揃っていた。

ミーナはいつの間にか起き出していたようだ。

すっかりリラックスした様子のメアたちに向かって、俺は口を開いた。

「楽しそうにしてるとこ悪いが、さっそくカイトを含めた修業を始めようと思うんだが」

「ここでか？」

「まさか。魔空間を使うって言っただろ？　……っとそうか、メアたちにはまだ言ってなかったか。そういう場所があるんだよ」

いまいち理解できていない様子のメアとミーナ。フィーナも気になっているのか、後ろを向いて座りながらこっちを気にしているようだった。

まあ、見せるのが早いか。

というわけでさっそく、メアたちの前で空間を裂いて見せた。

「それって……アヤトもノワールみたいなことできたのか⁉」

「ああ、ウルとルウを連れてきたのもこの能力を使ったんだ」

おうおう、滅茶苦茶驚いてるな。

「あれ、メアさんたちは知らなかったんですか？」

「……その反応、カイトは知ってたのか？」

カイトの発言にジト目で反応するメア。

「え……あ、はい。というより、そこで色々教えてもらっていたんですけど……」

カイトの返事を聞いて、キッと俺を睨み付けるメア。

「なんでそういうのを俺に教えなかったんだよ！」

「後でいいかなーと思ってたら伝え損ねた」

「すまん」と付け加えて謝ると、頬を膨らませて拗ねるメア。

「それにさっきも思ったけどさ……カイトたちを正式に弟子にしたって言ってたけど、俺たちは弟子じゃないのかよ？」

「あくまでも一応だし、どちらかと言うとお前らは『弟子（仮）』って感じだ」

俺の答えに、メアは少し考え込んだ後、名案が浮かんだとばかりに手を叩いた。

「じゃあ、俺も正式な弟子になる！」

……あ？

予想外のメアの発言に、思わず固まってしまう。

するとミーナも、一歩前に出てきてメアと並んだ。

「じゃ、私も」

「ミーナもか？」

ミーナはニッと笑って頷く。

「私も、もっと強くなりたいと思ってたから……丁度いい」

「ミーナはムキムキになりたいのか？」

前にメアが言った言葉を思い出し、茶化した言い方で聞く。

しかしミーナは、嫌な顔をするでもなく首を傾げて尋ねてきた。

「その方が……アヤトの好み？」

ミーナの言っていることが理解できず、「好み？」と同じ言葉を口にした。

「まぁ……下手に痩せすぎてたり太りすぎてたりしてるよりは健康的だと思うし、そっちの方が好みではある、か？　ていうかなんで俺の好みが関係するんだよ？」

「嫌われるよりはいいから」

もしかしてこれは恋愛フラグかと思って聞いてみたが、淡々と答えるミーナの態度に恋愛的な意味は含まれていなさそうだな、とその考えを切り捨てた。

「メアはいいのか？　ムキムキは嫌だって言ってたのに……」

「あ……あー、まぁ、アヤトならマッチョにしないまま強くしてくれるって信じてるから」

苦笑いしながら頬を掻くメア。たしかにそんな都合のいい鍛え方もあるとは思うが……

「カイトん時も言ったけど、俺は弟子を取るのは初めてだぞ？　失敗して大男顔負けのマッチョになっても知らんからな」

「そうなった時は……アレだ。アヤトに責任を取ってもらおっかな？」

今度は恥ずかしそうに顔を赤くしてそう言ったメア。

たしかに筋肉質すぎる女の子を嫁に貰いたいと言い出す奴は少なそうだな。同じ王族や貴族なら尚更っぽいイメージもある。

そうなった時の責任ね……メアが俺でいいなら別にいいんだが。

「んじゃ、そうなった時はそうするか？　まあ、最終的な結婚理由が『責任』でいいんならな」

メアは腕を組みながら唸り始め、苦虫を噛み潰したような顔になる。

俺もそんな理由で恋愛とか結婚なんかしたくない。それにメアは王族だから、そういう話になったら面倒は避けられなさそうだしな。

「……やっぱやめとく」

「その方が賢明だ」

俺はそう言い残して、裂け目の中へ入る。

裂け目の先には、だだっ広い草原が広がっていた。少し離れたところに、林や川がある。

俺の後に続いて入ってきたメアとミーナは、その光景を見て唖然としている。前にこの空間に来ているカイトとリナ、それからさっきまでここにいたウルとルウは、特段驚きは無いようだった。

「何よ、これ……!?」

最後に入ってきたフィーナがメアたち同様、目を見開いてありえないものを目にしているかのような表情をして呟いた。

「ノワールから教えてもらった空間魔術ってやつでな。これも魔術で作ったものだ」

「これって……魔物を見かけないけど、どこかそういう場所に空間を繋げたってこと？」

フィーナは元の世界のどこかに転移した、と思っているらしい。多分、メアたちも同じように考えているだろう。

しかしその実態は、俺が魔力で創り出した空間だ。

それをどう説明したものか……

「どこかっていうより……俺の世界？」

悩んだ末、誤解を与えないようシンプルにそう言うと、フィーナは無言のまま無表情で俺の顔を十秒二十秒と見続けてきた。

「やめろ、その無言で何かを訴えかけるようとするのを」

「しょうがないじゃない、あんたが何言ってるか分からないんだから。ねぇ、ほんとに何を言ってるの？」

相変わらず無表情のまま、俺に問いかけてくるフィーナ。あまりの無表情っぷりに、なんだか段々怖くなってきた……

「つ、つまりだ。ここは俺が空間魔術で創り出した空間で、ある意味ではお前らがいる世界とは別の世界なんだよ。要するに、俺が創造した新しい世界だって言いたいんだよ」

フィーナの圧に耐え切れず、思わず目を逸らしながらそう言った。

「あんた、自分で何言ってるか分かってる？　『新しい世界の創造』って……まるで神様みたいじゃない！」

やっといつもの呆れた様子で叫ぶフィーナ。

するとその隣にいたウルとルウが、神様というワードを聞きつけて目をキラキラさせ始めた。

「兄様は神様なの⁉」

「兄様はご主人様で神様で凄いです！」

キャッキャッと純粋に喜ぶ二人。

ちなみにこの二人は既に魔空間デビューを果たしている。

景色が綺麗で魔物がいないこの空間についての感想は『凄い！』の一言のみで、どうなっているのかは特に気にしていない様子だった。正直ちょっと拍子抜けだったが、喜んでもらえたから問題ない。

それに求めていた反応は、メアとミーナ、それにフィーナがちゃんとやってくれたからな。

「ということで、ここで修業しようと思う」

そう言ってメアたちの方を振り向くと、カイトが頷く。

「たしかにここなら、どれだけ暴れても問題なさそうですね」

「です！　ルウたちもさっきまで『お岩砕き』してたの！」

少し興奮した様子で、ある方向を指差すルウ。

その先指差した一帯は、おそらく『お岩』があったんだろう、細かい石が散乱していたり、地面がクレーターのように陥没していたりした。

それを見たカイトたちは顔を真っ青にして、口をポカンとあけていた。

「あの二人、強いとは聞いてたけどあんなに強かったんですね……」

「告。甘いですね、ヘレナはもっと凄い『地盤割り』を――」

子供相手にムキになって不穏なことを口走るヘレナの頭に、ゲンコツを食らわせてやる。

くだらんことで張り合うな。

ヘレナは涙目で見上げてくるが、無視だ無視。

「というわけで、修業を始めるぞ。まずは――」

「修業を始める、の前にさ！」

具体的に何をするか説明しようと俺が口を開いたところで、メアが遮ってくる。

「誰が一番弟子か決めようぜ！」

なんかアホの子が言いそうなことを言い出した。

他の奴も眉をひそめたり呆れていたり苦笑いしたり、反応に困っているではないか。

「なんだ、急に？　順番で言うならカイトかリナが先だぞ？」

「早い者勝ちじゃなくて、誰が一番強いかで決めようぜ？　それに仮だったとは言え、俺たちが先に弟子になってたんだし！」

一番にこだわるってのは少し子供っぽかったが、弟子同士で試合をするのもいいかもしれないと思った。

「あの、俺は別に一番弟子とかは気にしないので……」

「んじゃ、試合するか」

「俺の話、無視ですか⁉」

なんかカイトが言ってたけど、俺がそう決めたので無視です。

メアたちに真剣の代わりに手作りの竹刀（しない）を配る。元々修業用にと思ってこっそり作っていたものだが、試合でも十分に使えるはずだ。

初めて見たのだろう、全員が興味深そうに竹刀をマジマジと見る。

「これは？」

「俺が作った、竹刀ってやつだ。俺の世界ではこいつを使って試合とかするんだよ。木刀に比べて怪我しにくいからな。ほれ」

説明しながらもう一本の竹刀を取り出し、メアの頭を叩く。

「あだっ！　……まぁ、これなら怪我が少なくていいけどよ……って、あれ？　さっきもだけどさ、アヤト、どっから竹刀出した？」

メアが頭を押さえながら疑問を口にする。

「ああ、これも空間魔術の一つで、魔力の量次第で無制限に物の出し入れができるってやつだ。俺はこれを『収納庫』って呼んでるがな」

実際、かなり便利である。

大きさ、重さの制限がなければ個数制限もなし、食い物だって中に入れている限りは腐ることはないと、ノワールが言っていた。

なのでどこに行くにも手ぶらでいいのだ！

世界の創造に転移に収納庫に……あれ？

よく考えたら空間魔術って凄いけど……強いって言うより便利系だよな。

世界の創造だってほら……修業の場にもってこいとか、土地を自由にしていいとか、そういう系だから直接攻撃には使えないし。

前にちょっとノワールと戦った時だって、あいつは一度放った攻撃を転移させるっていうトリッキーな使い方をしてたけど、あれは攻撃ありきだしなぁ。

空間魔術自体、というか単体での戦闘時の強みがないんだよな。

うーむ……まぁ、そのうちなんか見つかるか。

なんてことを思っていると、メアが口を尖らせて抗議してくる。

「なんか、アヤトだけホンットズルいよな」

「ズルいって……ああ、でもたしかにズルではあるか」

空間魔術を使うには、六属性以上の魔法適性が必要になる。すっかり忘れてたが、俺の適性がそれだけあるのは、シトが全魔法適性MAXのチートをくれたからだったな。

「悪いな、こればかりは神にでも祈っとけ」

茶化すように言うと、メアとミーナが膨れっ面になる。子供みたいで面白いな。

「模擬戦の時も思いましたけど、師匠って魔術も使えるなんて凄いですよね」

カイトがキラキラした目を向けてくるが、なんか照れくさい。

「メアの言った通り、ズルもしてるがな……さぁ、そろそろ試合を始めるぞ。まずはカイトとメア。そんでリナ、お前はミーナとフィーナのどっちとやりたいか決めておけ」

仕切り直して組み合わせを伝えていき、リナに向かってそう言うと、リナはビクッと身体を硬直させた。

目を丸くして数回瞬きし、まるで予想していなかったかのように叫ぶ。

「え……えぇっ⁉」

「まさか、自分だけ蚊帳の外にいられると思ったか？」

ちょっと意地悪な言い方で、笑みを浮かべながらそう言うと、リナはオドオドと口を開いた。

「でも私、弓……」

「弓でも近接戦で使えるだろ。矢は大量に用意したから安心しろ」

リナは俺の言葉に、ミーナとフィーナの二人を見比べるように視線を往復させる。

「ミーナさんとフィーナさん……えと……どっちがいいんでしょう？」

「いや、あたしたちに聞かれても……ああでも、どうせアヤトと後で戦うことになりそうだし、あたしは体力温存しときたいからミーナとやってよ」

フィーナが指名すると、ミーナは「ん」と短く答えた。

そういうわけで、カイトとメアには普通の竹刀、ミーナには短い竹刀を二つ、リナには普通の弓矢を持たせることにした。

ただし、リナに渡したのは普通の矢ではない。面白い仕掛けがされているのを以前武器屋で見つけて、買っておいたものだ。

仕掛けというのは、潰れている矢尻部分が相手に中ると、その箇所から相手を捕縛するように紐が出てくるというもの。まだ実際に試していないので、運用試験も兼ねてリナに使ってもらうというわけだ。

「あ、そうそう。あとこれも」

ギリギリ思い出して、収納庫からまた別のものを取り出して皆に配っていく。

「これは？」

不思議そうにしながらも受け取っていくメアたち。

「スポーツウェアっていう服だ。運動する時に適してるんだよ」

「運動に適してる……って、うっす！」

興味深そうにウェアを広げたメアだったが、布地の薄さに驚きの声を上げる。

今回渡したのは、動きやすいように身体にフィットしたタイプだ。上はヘソ出しタイプ、下はホットパンツくらいの丈になっている。

「こここ、これ着るんですか⁉」

するとと同じく服を広げたリナが、分かりやすく動揺を見せる。

「ああ、最初は恥ずかしいかもしれないが、動きやすい方が修業もしやすいしな。向こうに大きな木があるから、女性陣はその影で着替えて――」

俺がそう指示を出した瞬間、ミーナ、フィーナ、ヘレナがその場で脱ぎ始めてしまう。

「向こうで着替えろっつってんだろうが！」

「大丈夫、私はスタイルよくないから」

「別にアンタたちに見られたって減るモンじゃないし、大丈夫よ」

「解。私は自信がありますので大丈夫です」

三者三様に淡々と返してくる三人。

ツッコミどころ満載だが、とりあえず何も大丈夫じゃないと言いたい。

「よく聞け。たとえ胸が大きくなかろうがなんだろうが、女の裸を見れば興奮する奴はいる。特に何の経験もない奴の目の前でそんな無防備な姿を晒せば、何をされるか分からねえぞ？　なぁ、カイト！」

「すいません、師匠。ただでさえ困ってるのに反応に困る振り方をしないでくれます？」

冷静にツッコミを入れているが、カイトの顔は真っ赤で、両手で顔を隠していた。

しかもその流れに便乗してメアまで服を脱ぎ出す始末であった。

そんな中、リナだけは顔を赤らめながら俺の指定した木陰に隠れる。こんだけ人数がいて常識人がリナだけって……この先、苦労しそうだな。

## 第5話　修業開始

全員が着替え終わり、それぞれが対戦相手と距離を取りつつ向き合う。

カイトはメアと、ミーナはリナと。

フィーナとヘレナは俺の横で見物だ。

「それじゃあ、一本試合、一発でも決定打を当てたら勝ちのシンプルな試合を始めるぞ！　すぅー……」

俺が息を吸うと、何かを察したフィーナが耳を塞ぐ。

そして俺は、開始の合図をそれなりに声を張って叫んだ。

「始めぇっ‼」

スッキリして顔を上げると、フィーナ以外の全員も耳を塞いでしゃがみ込んでしまっている。

「……どした、お前ら？」

「ど……どうしたじゃねえよ！」

メアが勢いよくツッコんできた。

「なんて声出してんだよ⁉　耳が聞こえなくなったらどうするつもりだ！」

「あぁん？　そんな鼓膜を破るくらいの声なんて……出したか？」

カイトや他の奴らも、フラフラしながら立ち上がる。

「は、はは……声で空気が揺れるなんてあるんですね……」

「か、解。『竜神の咆哮』にも負けない迫力でした」

そこまで言うかチクショウ。とはいえ、スキル関係なしに元の声量にも自信があるから何も言えないか。

そんなこんなでグダグダになりながらも、仕切り直してメアたちの試合が始まった。

「悪いけど、先手必勝で行かせてもらうぜ！」

軽く深呼吸をしたメアがそう言って、カイトの方へ走り出す。

そしてそのまま、竹刀を横薙ぎに一閃した。

後手に回ったカイトは守りに専念するべく、竹刀を体の横で立ててメアの一撃を防ぐ。

それからしばらく、メアの猛攻は続いた。

お世辞にも綺麗な型とは言えない、滅茶苦茶な剣筋で竹刀を振るうメア。それをカイトはなんとか防いでいる。

完全に防戦一方となってるが、まだしばらくはメアの攻撃が入ることはなさそうだな……それよりミーナたちはと見ると、そっちも意外な戦いとなっていた。

「……ハッ！」

「っ！」

地面にしゃがんだリナが、一方的にミーナへ矢を放ち続けていたのだ。

リナの周囲には矢がばら撒かれている。背中や腰から矢を抜いてつがえるより、しゃがんで地面から補給した方が早いと考えたのだろう。

リナが放った矢は的確にミーナへと飛んでいく。ミーナはそれを回避するが、その先にまた射られ、また避けた先に射られ……と繰り返していた。

ミーナが防戦一方になっているのは、おそらく油断していたからだ。

リナの弓の腕を侮って初手を取られてしまい、そのまま流れを持っていかれたのだろう。

っていうか、リナが本気出すとあそこまで凄いのか。あれなら模擬戦で俺が一緒のチームになっていなくても、十分いいところまで行ってたかもしれないな。

そんなことを考えながら観戦していると、メアたちとミーナたち、二つの戦局が同時に変わった。

「ハアァァァッ！」

「オオォォォッ！」

メアたちの方では防戦一方だったカイトが攻勢に出るべく動き出し、ミーナも矢を掻い潜り続け、リナまであと一歩のところまで近付いていた。

そろそろ決着がつくか。

そう思った瞬間、ミーナが大きく動いた。

「これで終わり」

リナが矢を補給するタイミングで、ミーナが呟きながら大きく跳び上がり、腕を交差させながら両手の竹刀を突き立てたのだ。

しかし……それは悪手だ。

交差させた腕を広げるようにして、竹刀で斬りつけるミーナ。だがその先にリナはいなかった。

「……あれ？」

ミーナはマヌケな声を漏らして、さっきまでリナのいた場所に突っ立っている。

しかしその背後、二メートルほど離れた場所でリナは弓矢を構えていた。斬りつけられる直前、ミーナの視界が腕で塞がった隙を突いて、転がって彼女の真下を掻い潜っていたのだ。

そして矢が放たれ――

「……んにゃぁんっ⁉」

「「あっ……」」

見事に矢が尻に命中したミーナから奇声が上がり、見ていた俺と矢を射った本人であるリナが声を零す。

フィーナもそれを見ていたようで、痛々しいものを見る顔で「うわぁ……」と漏らしていた。

その後、地面に落ちる前に矢から紐が放出され、ミーナの体をぐるぐる巻きにする。

「んにゃぐぅ……」

そのままミーナは、また奇声を上げて地面にぐったりと倒れた。

そんなミーナの姿を見たリナは『やってしまった』と言いたげに顔を青くし、心配そうに近寄る。

「す、すいません、ミーナ、さん……！　大丈夫、ですか……？」

「お、乙女のお尻に……乱暴しちゃ、ダメ……」

ミーナは少しだけ顔を上げてかすれ声でそう言うと、力尽きるようにガクリと地面に顔を伏せる。

若干憐れな最後ではあるが、リナの完全勝利というかたちで決着がついたのだった。

まったく、何やってんだか……と苦笑いしながら、俺は呆れてため息を吐く。

そして気を取り直して視線をメアたちの方に移すと、そちらもすぐに終わりそうだった。

さっきまで防戦一方だったカイトだが、現在は互角にメアと竹刀を打ち合っている。

「セアァァッ！」

一瞬の隙をついて、カイトがかけ声と共に竹刀を斬り上げ、メアの竹刀を上に弾き飛ばす。

そしてそのまま振り下ろされたカイトの竹刀が、メアの額に優しく当てられた。

「えっと、これでいいです……よね？」

メアの『あれっ？』という顔を見た後、俺に視線を向けて心配そうに確認するカイト。

「本当なら最後の一撃くらいは強めに当ててほしいところだが……まぁ、いいとするか。それじゃあ、勝者はカイトとリナ！　一番弟子はカイトだ」

照れ臭そうにするカイトに対して、メアは「クッソー」と言いながら倒れ込む。

しかしその言葉とは裏腹に、そこまで悔しそうにはしておらず、むしろ清々しい表情をしていた。

「カイト、強ぇえなー！」

メアが倒れたままそんなことを言うが、一応ツッコミ入れておくか。

「違う、お前が適当過ぎただけだ。先手必勝とか言いながら、わざと雑な攻撃して反応させるようにしただろ？」

「あれ、バレてた？」

メアはそう言って、悪戯がバレた子供のような笑みを浮かべている。

「アレでバレないと思ってたのか……」

「え？　それじゃあ、俺は手加減されたんですか……？」

俺たちのやりとりを聞いて、カイトが目を丸くした。

「ある意味では手加減されてたな。途中からは本気でやってたけど……気付かなかったか？　最初はカイトが受け止めやすいように大振りだったのが、カイトが慣れ始めてからは本気で打ち込んでいたのを」

俺の指摘に、カイトは思い出そうと腕を組んで唸り始め、しばらくすると「ああ」と声を出して納得していた。

「なんか途中から段々強くなってきてるなーと思ってたら、そういうことでしたか！」

『段々強くなってきてる』のではなく、最初は手加減されていたことに気付くカイト。

そのことを理解したカイトは、再び唸って悩み始めた。

「でもそれって……本当に俺の勝ちでいいんですか？」

遠慮気味に弱気な言い方をするカイト。

個人的には別にいいと思うんだけど、こういうのは俺が言うよりメア本人から伝えた方がいいだろうと思い、メアに視線を送る。

「そりゃ、俺とカイトの本気、どっちが強いかを決めるためにやった勝負なんだし、最終的にお前が勝ったからいいんだよ。最初に試すようなことをしたのは俺だし、途中からはちゃんと本気だったからな！」

そう言ってニッと笑うメア。

カイトは無言でこちらを向いて、『なんですか、あの男前は？』とでも言いたげな表情を浮かべていた。

そんなカイトに俺も肩を竦め、呆れた笑いを返す。なんであいつがあんな男勝りな性格をしてるのか、俺にも分からない。

とりあえずメアたちは休憩させ、俺とフィーナで手合わせを始めようと準備をする。

するとそこで、草原に寝転がっていたメアが聞いてきた。

「そういえばアヤトって、学内対抗模擬戦の最後に変な魔術使ってなかったか？」

突然のメアの言葉に、俺は眉をひそめた。

模擬戦の最後ってことは、エリーゼと戦ってた時のことか。特に心当たりはないな。

「変な魔術……？　いや、そもそも模擬戦の時は魔術は使ってないぞ……あ、ヘレナの籠手からなんか出たのは別だけど」

急に籠手からビームみたいなものが出てきた時はビビったな、あの時はそんなに気にしてなかったけど、あれって魔法か魔術なのだろうか……なんて思っていると、メアが首を傾げて唸っていた。

「おかしいな……たしかにアヤトの体の周りに、変な結界みたいなのが見えたんだけどなあ……でも他の奴は見えてなかったって言うし」

「結界……ああ、アレか！」

俺はそこまで言われて、メアの言ってることをやっと理解した。

誰しもそうだとは思うが、最初は意識してやっていた行動も、慣れてくるうちに無意識でやるようになる。そしてそれは、武術の達人である俺も同様だ。

メアが見たというのは、その『無意識の行動』のこと。

「言ってるやつって、もしかしてコレのことか？」

メアの言葉から推測した技を、意識的に発動する。

おそらくメアの目には、半透明な円形の結界のようなものが俺の周囲を覆っているように見えているだろう。

「そう、それだ！　他の奴には見えねえみたいだけど、それってなんだ？」

メアがミーナの方を見るが、見えていないミーナは首を横に振る。カイトやリナ、フィーナとヘレナも同じようだ。

「簡単に言えば、これは『領域』だ」

「領域？　何の？」

「うーん……言葉で説明するより、実践してみた方が早いだろ」

そう言ってフィーナに向き直る。

「今から俺は目をつむる。そこを攻撃してくれ、フィーナ」

「……へぇ」

俺の言葉をどう捉えたのか、笑みを浮かべるフィーナ。一応口元は笑っているが、目は笑っていない。

「ついにそこまでバカするわけね……？」

「別にバカにしてるわけじゃないんだ。力の差がそれだけあるってだけだ」

挑発であることには変わりない言葉を投げ付けた俺は、右足を出して右半身になり、右手を前に、左手を後ろに回して目をつむる。

そしてさらに挑発するように、前に出している右手の指をクイックイッと曲げて『かかってこい』のジェスチャーをする。

「ぶっ……」

視界が暗い状態で、フィーナが走り出した足音が聞こえる。

「……殺す！『サウザンドアイススピア』！」

詠唱と共に魔術が発動され、ピキピキという音が前方上の空中辺りから聞こえた。

「お、おい、フィーナ……いくらなんでもそれは……」

メアの心配そうな声が耳に届く。

どんな魔術を発動したのか少し気になるところだが、そう思っているうちにヒュンッという風を切る音がいくつも鳴る。

メアの焦りようと、この音の数。メアたちだったら避けきれないだろうな……完全に殺しにかかってきているようだ。

しかし、目が見えないからと油断せず、手加減なしの攻撃をしてくれるのは嬉しい。

俺は笑みを浮かべると同時に、『領域』の範囲内に異物が入ってきたことを感知する。

――バキッ！

そしてそのまま拳を横に振り払い、確かな手応えと共に氷を打ち砕いた。

☆★☆★

目の前の光景にあたしは戦慄し、肩を震わせていた。

「ありがとう、フィーナ。多分これでメアも理解できただろ」

あたしに感謝の言葉を述べ、メアに視線を向けるアヤト。

その足元には砕けた氷がいくつも重なり落ちている。

あたしは目を閉じて挑発してきたアヤトに『サウザンドアイススピア』を放った。

この魔術は、あたしの腕ほどの太さの氷柱を千本生み出し、高速で相手に叩きつける技である。普通ならば、動きを眼で捉えることすら困難なはずだ。

この魔術であれば、いくらアヤトが化け物でも、少なからず傷を付けることができる……はずだった。

にもかかわらず、あいつは自分に向かってきた氷柱を、一つ一つ丁寧に殴って砕いてみせたのだ。

しかも数十本の氷柱が同時に向かっていった時なんて、あいつの両手が消えて瞬時に全て壊されたようにしか見えなかった。

見ていると、ただ無造作に破壊されたというわけではなく、あいつから一定の距離にまで近づいたものから打ち落とされていたみたいだけど……

あれがメアが見えるって言っていた領域ってやつなの？

アヤトが砕き、あたしの足元まで飛んできた氷の欠片を見て歯軋りをする。

「今のでなんとなく理解したか？　メアみたいに視認できるまではいかなくとも、意味は分かったと思うんだが」

「えっと……自分に近付いたものが、見えてなくても認識できるようになる、ですか？」

「惜しいな、正確には自分の攻撃範囲に入ったものを感知するってのが近い。今みたいに自分の手が届く範囲に攻撃が入ってくれば、体が反応して自動的に打ち落としたり防いだりするんだよ。まぁ、他にも……」

あたしを放っておいて雑談しているアヤトに腹が立ち、落ちている氷の中でまだ尖っているものを拾い上げ、アヤトの後ろから刺しにいった。

あともう少し。そんなところでアヤトはこちらに背を向けたまま、氷柱の欠片を持っているあたしの手を掴み、クルリと振り向いた。

逃がさないようにするためなのか、氷柱の欠片を持っていた手を掴んできたかと思えば、反対側の腕を腰の後ろに回され、あたしたちはピッタリとくっ付いた。

「な……あ……」

目と目が合い、お互いの吐息が当たるほどの近さ。しかもこれでは、まるでこいつとダンスを踊っているような状態ではないか。

自分の顔があっという間に熱くなっていくのが分かる。それが、怒りからか恥ずかしさからかなのかは分からないけれど。

しかし一つだけ分かることがある。

今のこいつのしてやったり顔を見てると、いい気分にはならない。

「カウンターの打撃だけじゃなく、慣れればこんな風に、襲ってきた相手を捕まえることもできる」

「あら、口説いてるつもり？」

「口説いてることになるのか、これ？　砕くのは得意なんだがな……」

冗談を混じえて苦笑いで答えるアヤト。

無意識で女の腰を抱くとか、こんなことやってたらいつか背中を刺されそうね……いや、たった今あたしが刺そうとしたんだった。

それにしても、こいつの化け物具合に呆れればいいのか、それともあっさり捕まる自分の弱さに落胆すればいいのか……とりあえず大きくため息を吐いた。

って……

「いつまでこうしてるつもりよ!?」

一向にアヤトが離す気配がないのでそう言ってやると、アヤトは「あ、そっか」と今気付いた様子でようやく離れていった。ちゃっかり氷柱の欠片も没収されてしまった。

乱れた服を整えてメアたちの方を見てみると、全員が全員、頬を赤くしていた。

メアは面白がって「ヒューヒュー！」なんて言ってる。後で殴ろうかしら。

リナは口を両手で押さえて乙女っぽく驚いてるし、ヘレナは子供みたいに頬を膨らませている。ミーナは……頬が赤くなってるけど表情は変わらないわね。

カイトはアヤトのとこに行って「フィーナさん相手によくやりますね～」なんて苦笑いしながら感心したように言っていた。

「領域ってのは武術じゃなく技術だ。目で見るよりも早く反応するために、危険なものが近付く感覚を体へ覚えさせるんだ。そうすれば今のように、背後からの攻撃にも気付ける」

目で見るより早くって……？　そんなの普通に考えて無理に決まってるじゃない！　どうれだけイカれた発想してるのよ、こいつは……

すると考えていることが伝わったのか、アヤトがあたしを見る。顔は笑っていない。

「言っておくが、俺は何も無いところから作り出せ、なんて無茶を言ってるんじゃない。人間には元々第六感、もしくは直感って呼ばれてるもんがある。俺はそれを技術として昇華させているだけだ」

言葉を発するアヤトの雰囲気は、先程まではまるで違っていた。

ヒヤリとした汗が背筋を伝い、嫌な雰囲気が漂う。

そしてアヤトはあたしに向けて指を差す――

「っ⁉」

その瞬間、背筋が凍てついた。

殺されると、アヤトの姿を見て直感したのだ。

肌がピリピリと痺れるほどの殺気を放ちながら、光が消えた目であたしを見てくるアヤト。

それは、本気であたしを殺そうとしている目だった。

ノワールよりも暗いその瞳に見つめられたあたしの身体は、自分でも気付かないうちにバックステップを取ってその場から下がっていた。

頭の中で誰かが『今すぐ逃げろ』と叫んでいる錯覚すら覚えた。

大して体を動かしていないにもかかわらず、息切れしたように呼吸が荒くなる。

多分、アヤトから目を外せばマシになるだろう。

しかし頭をがっちりと掴まれているかのように、あいつから目が離せない。

そうして目を合わせたまま数分……いや、実際には数秒だったのだろう。

不意に視界が下がった。

「……？」

一体何が起きたのか。

やっとアヤトから外せた目で自分の身体を見下ろすと、片膝を突き、もう片方の立てている足も、ガクガクと震えていた。

そしてそれを自覚したあたしは、そのまま意識を失った。


瞼が重く、視界は暗い。

あれからどれくらい時間が経過したのだろう。

感覚的に、横向きに寝ていることは分かった。だけど何かが頭の下に敷かれている？

少し硬いけど、丁度いい……それに温かい。

さっきまでの恐怖を忘れるために、その心地好さに身を任せたい。

そのまま寝返りを打って仰向けになるが……

「いて……角はやっぱ痛えよ……」

「ん……？」

アヤトの声がかなり近くから聞こえた。

何をしてるか気になって、重い瞼を仕方なく開く。

すると目の前にアヤトの顔があった。

「……んぇ？」

寝惚けているせいで、変な声が出てしまった。瞼も片方開き切らずに中途半端。

こいつから見たあたしは、さぞ滑稽だろう。

「起きたか。どうせだからもう少しそのままでいいぞ」

意識を失う直前、最後に見た時とは違い、雰囲気が柔らかくなっていた。

しかし、そんな言葉におとなしく従うほど心を許してない。さっきだって——

思い出そうとしたところで再び背筋にゾクリとした悪寒が走り、慌てて起き上がる。

アヤトに出会うまでの人生でも、敵意や殺意を向けられることはあった。

魔族大陸は弱肉強食。しかも魔王であるペルディア様を狙う敵は多く、何回も修羅場を潜り抜けてきたため、そんじょそこらのやつに殺気を向けられたところであたしがどうこうなることはない。

にもかかわらず、アヤトに殺気を向けられただけで、動けなくなってしまっていた。

人を人とも思わないような……そんな目をしていた。

あれは本気であたしを殺そうとしていた？　いや、それなら今の今まで普通に接してきていた意味が分からない。

「……さっきは悪かったな。実演して見せるためとはいえ」

混乱していると、表情からあたしの考えていることを察したのであろうアヤトが、視線を下に向けつつそう言った。

そこには、胡坐をかいているアヤトに膝枕をされているミーナとメアが気持ちよさそうに、スヤスヤと寝ていた。

ミーナは左ももに、メアはクロスされた脛(すね)の部分に頭を乗せている。あたしは右ももに頭を乗せていたのだろう。

見渡せば、ヘレナもアヤトに背中を預けて座って目を閉じていた。

さっきまで緊張していたのが馬鹿らしくなったあたしは、鼻で笑って返す。

「まったくよ。今度、いいお店に連れていって、思いっ切り高いものでも買ってもらおうかしら？」

冗談混じりにそう言ってみると、アヤトは驚いたような顔をしていた。

「……何よ？　あんたならお金ぐらいパパッと稼(かせ)げるんだから、ケチなことは言わないでよ？」

「いや……前も思ったんだが、フィーナは俺たちのとこに残ってくれるのか？」

「……え？」

アヤトの疑問があまりにも唐突(とうとつ)で、あたしは首を傾げた。

「ペルディアを取り返した後、お前はどうするんだ？」

「あ……」

忘れていた事実に、口から小さな声が漏れ出た。

ペルディア様を取り返せば、もうアヤトたちの元へ戻る気はない。

そう考えていたのに、これじゃまるで、またこいつらと一緒に帰ると言ってるようなものじゃない。

「もちろん、あたしはペルディア様と一緒に行くわ。もし……もし万が一あの方がお亡くなりになっていた場合も……」

最悪の可能性が頭をよぎったあたしは、泣きそうになりながら頭を上げる。

考えたくはない。でもそういう可能性は十分にある。

なら……あの方のいない世界ならいっそのこと……！

「それはダメだ」

アヤトが厳しい表情をして、そんなことを言い出す。

そんな言動に苛立ち、歯軋りして睨み返す。

「なんでよ……!? あたしがどうなろうと、あんたらには関係な――」

「お前が死ぬと俺が悲しいだろ」

あたしの言葉を遮ってそう言い放ったアヤトの表情は、本当に悲しそうだった。

なんでこいつは……そんなにあたしのことを？

「ハッ、もしかしてあたしのこと好きなの？」

アヤトから視線を外しつつ、ふざけた言い回しをした。

……こういうのってふざけてても、結構言うの恥ずかしいわね。

するとあたしの言葉にアヤトは――

「ああ、好きだよ」

「はぁっ⁉」

当たり前のように肯定の言葉を返してきたため、あたしは驚いて素早く振り返った。

アヤトの方は動揺した様子もなく、相変わらず真顔でメアたちを見下ろしている。

「当たり前だろ？　メアやミーナだって好きだし、皆好きで嫌いな奴なんて一人もいない。ただどこかに行くだけならまだしも、死んでほしくはないんだよ」

「ああ、そっち……」

アヤトの言葉に呆れてそう呟き、少しホッとした。

と、視線を下にやると、横になって寝ているメアとミーナの耳が赤くなってることに気付く。

こいつら起きてやがった……何を考えて赤くなってるかは知らないけど、狸寝入りが腹立つからとりあえず後で蹴っとこうかしら。特にメアを。

そう思いながら周囲を見渡すと、あることに気付いた。

「そういえば、ウルとルウは？　カイトたちもいないみたいだけど……」

「ああ……あいつらなら『鬼ごっこ』させてる」

「……は？」

鬼ごっこって、一人が鬼になって他の人間を追いかけるあの遊びよね？

本当に何をさせているのだろうと思って声が漏れてしまったが、よくよく考えたらこいつが普通の遊びをあいつらにさせるわけがない。

多分どうせ、あたしが思っている『鬼ごっこ』とは違うんだろう。

# 第6話　次の段階へ

「あー……やり過ぎたな」

俺は思わず声を漏らした。

今、俺の目の前ではフィーナが倒れている。

背後ではメアたちが「うわぁ……」と声を揃えて引いているのが分かった。

「アヤト……一体、何したらそうなるんだよ？」

「うんまぁ、一応領域の修業内容に組み込もうとしてたやつなんだけどな？　しょうがない、説明はまたの機会にするか」

フィーナがこのザマってことは、メアたちに耐えられるわけがないしな……

「アレを俺たちにもやろうとしてたのかよ……」

苦虫を噛み潰したような表情で「うえっ」と舌を出すメア。

「俺の弟子になった時点で、こういうのは結構当たり前になってくるんだがな……」

と、そこであることを思い付いてしまい、ニヤリと笑う。少し煽ってみるか。

「ま、メアがさっきの試合で負けたままの弱さでいいってんなら別に何も言わないが。あ、それともやっぱり弟子になるのはやめるか？　今ならまだ遅くはないぞ」

そう言いながら、意地悪な笑みを浮かべてしまっているのが自分でも分かった。

少なくともメアのこれからの言動が予想できるからだ。

「んなわけねえだろ！　やるよ、やってやんよちくしょう！」

俺の予想通り、そう叫ぶメア。煽られると燃える、単純なタイプである。

カイトやリナは苦笑いしているが、弟子をやめるとは言い出さなかった。

ちなみにミーナはやる気満々。誰よりも強くなりたいと願っているみたいだが……

「んじゃ、覚悟も決まったようだし、始めるとするか。今日の修業だが――」


まずは一時間半、体の基礎を鍛えさせた。

本当はその後、ルウとウルも交えて持久力の訓練を行う予定だったのだが、ここでメアとミーナ、それとヘレナがゴネ始めた。

というのは、倒れたフィーナをそのままにするのも忍びないと思い膝枕をしてやっていたら、それを見たメアたちがズルいと騒ぎ始めたのだ。

結局三人はそのまま休憩に入った……というのが事の顛末となる。

それから三十分ほど経ってようやく起きたフィーナに、眠っていた間のことを説明した。

『鬼ごっこをさせている』と言ったら何を言ってるんだとでも言いたげな顔をされたので、フィーナの後ろの方にいるカイトたちを指差す。

そこには全力で走るカイトとリナ、そしてそれを追いかける、手に巨大な何かを持ったルウとウルがいた。

「ちなみにルウたちに持たせてるのは、大人が使うような大槌だ」

フィーナにそう説明した直後、ルウの大槌がカイトの近くに振り下ろされ、悲鳴が上がった。

「あんた、バカじゃないの!?　あんなん、普通に死ぬでしょ！」

「まぁまぁまぁ。死なないようにはしてるから大丈夫だよ」

あらかじめルウたち二人には、『カイトたちに当てないように』と言ってある。だが、カイトたち本人には言ってないから、本気で殺しにかかってきていると思っているだろう。

「ふおぉぉぉっ!?　死ぬっ、死ぬからそれ！」

「～～～～っ！」

カイトにはルウを、リナにはウルを当てて追いかけさせていた。

リナが当てられてもないのに死にそうになっているのには、少し心配になってくるが……

「おーい、ルウ、ウル！　カイトたちも一回休憩だ！」

走り回るカイトたちに、そう呼びかける。

「「はーい！」」

ルウとウルは息を切らした様子もなく、元気よく手を挙げて帰ってくる。

一方のカイトとリナは帰ってくる前に力尽き、その場に倒れてしまった。

「カイトたちは休憩、次はメアとミーナの番だ」

そう言って既に起きている二人の頭に手を置く。

ビクリと体を震わせ、苦笑いで俺の顔を見上げる二人。

「気付いて、た……？」

「とっくに。寝てればやり過ごせるなんて甘い考えは通用しねえぞ」

「もう少しこのままでも……」

メアのわがままに俺は微笑む。

俺の顔を見たメアとミーナはホッとした様子を見せるが、俺は微笑みをそのままウルとルウに向ける。

「ウル、ルウ。俺ごとこいつらを殴っていいぞ」

瞬間、俺に膝枕をされている二人の顔が絶望に染まった。

そしてミーナは寝ている状態から数メートルも跳躍し、走り去っていった。

「やっぱミーナは身軽だな。ルウ、ミーナを任せた。あいつは速いから、走る速度は自由にしていいぞ」

「です！」

ルウは元気な返事と共に、走っていったミーナを、ミーナ以上のスピードで追いかけ始める。

そしてウルは、メアを狙ってその場で大槌を振り上げた。

「それじゃあ、どうするメア？　このままだとミンチになるぞ♪」

「う……うおぉぉぉっ！」

急いで起き上がろうとするメア。しかしよほど焦っているのか、中々起き上がれないでいた。

「ちょっ、あたしもいるんだけど⁉」

俺の横には起き上がったばかりのフィーナもいたため、巻き添えを食らいそうになっている。

「丁度いいからフィーナも一緒に狙ってやれ、ウル」

「なの！」

「ざけんな！」

フィーナが先に走り出し、やっと立ち上がれたメアもその後に続く。

しかしメアたちのいなくなった俺に向けて、大槌は振り下ろされた。

――ズドンッ！

「いてっ」

雷でも落ちたかのような轟音と共に、俺の頭を衝撃が襲う。

その衝撃で地面が揺れ、少し離れたところで倒れたカイトたちが「何事⁉」と起き上がり、走り出していたメアたちが転倒する。

「ぜ……絶対『いてっ』じゃ済まないだろ、アレ⁉」

「当たり前でしょ！　あんな化け物を基準にしたら、本当にあたしたちがミンチになるわよ！」

メアが驚いた声を上げ、それに対してフィーナが失礼なことを言っている間にも、ウルは大槌を再び担ぎ、彼女たちの方へとゆっくりと歩き出す。

楽しそうに笑いながらメアたちに近付くウルのその様はまるで、スプラッター映画のワンシーンにありそうな光景だった。

「……外しちゃったの？　でも今度はちゃんとやるの……それで、また兄様にナデナデしてもらうの」

そのセリフと大槌を引きずる音が、さらに恐怖を際立たせる。

言い直そう。『ありそうな』ではない、完全にスプラッター映画だ。

しかも若干ヤンデレが入ってて俺までゾッとしてしまっていた。

アレ、放っておいても大丈夫だよな……？

フィーナもメアも悲鳴を上げ、再び立ち上がって逃げ出していた。それを上回る速度でウルは追う。

なんだか別の意味でも鍛えられそうだな。主に精神面とか。

三人の姿が見えなくなったところで再び轟音が鳴る。

「……ヘレナ。ウルとルウ、二人の様子を追えるか？」

これだけ騒ぎになりながらもいまだに俺の背中に寄りかかり続けているヘレナに、そう声をかける。

「解。方法はありますが、少し時間をください」

「なんだ、そんなに時間がかかる方法なのか？」

「否――」

一向に動く気配がないので様子を見ようと振り返ると、ヘレナはピクピクと体を痙攣させ、顔を青くしていた。

「――アヤトから間接的に伝わった先程の衝撃で……こ、腰をやられました」

そう言い残すと、パタリと横に倒れた。

これで竜だと言うのだから、笑っていいのか呆れていいのか分からなくなってくる。

しばらくは起き上がれなさそうだな、こりゃ。

「それじゃあ、ココアたち」

「はい！」

呼ばれるや否や、嬉しそうに返事をし、一番に俺の体から出てきたココア。

続いてアルズたちも続々と出てきて、最後にオルドラが出てくる。

「二手に分かれて、あいつらに付いてやってくれ。特にウルがやり過ぎそうだったら、止めろ」

「分かりました！」

ココアの返事に続いてアルズたちも「はーい！」と答え、オルドラも頷く。

ルウは見た限り無茶をしそうな心配はなかったのでアルズたちに向かわせ、暴走しそうなウルには比較的強いココアとオルドラを向かわせた。

【確認したよ！　ルウちゃん、ミーナちゃんをいい感じに追い詰めてるねー】

アルズの楽しそうな声が頭に響く。

契約した精霊王たちとは、ココア同様、念話が使える。

正直なところ、これがあいつらと契約した唯一のメリットだと思っている。属性魔法が強力になるとか、俺にとってはたいしたメリットじゃないしな……もうこれ、友人と連絡先を交換したような感覚に近いな。

【そうか。ココアたちの様子は？】

【こっちは大丈夫……だと思います。ウルちゃんの表情に若干狂気が見えますが、メア様たちを本気で傷付ける気はなさそうです】

心配そうな声で、ココアの今の表情がなんとなく分かってしまう。絶対困惑顔だ。

オルドラの方からも【ふーむ】という唸り声が聞こえる。

【しかしあれは……えげつないな。せっかくメアたちが分散して撹乱しようとしても、ウルが片方の進行方向に一瞬で回り込み、二人が離れすぎないように調節しておる。幼い割には聡明……そして相手を弄ぶ残虐性も持ち合わせておるな】

【……とはいえ、これも修業。メア様たちには申し訳ありませんが、余程のことがない限り、手出しはしないでおきましょう】

ココアの言葉にオルドラも【そうだな】と同意する。

そこで再び遠くからズドンと地面が揺れる衝撃と音が聞こえた。

「……まぁ、ウルたちのことは精霊王さんたちに任せて、俺たちは俺たちの修業を再開するか」

俺は気を取り直してカイトとリナに向き直り、笑みを浮かべて言う。

「え……？」

カイトが『嘘でしょ？』という表情で俺を見てきた。

「あの、すいません……まだ体がボロボロなんですが……？」

遠慮気味に言うカイトと、首を何度も縦に振って同意するリナ。

「そんな時に便利な魔術があるのだよ♪」

ちょっぴりテンション高めな言い方をしながらカイトとリナに近付き、カイトに回復魔術――『神々の祝福』を使う。

「え、これって……？」

カイトは、自分に使われた魔術を見て驚く。それを見て、ヘレナも声をかけてくる。

「こ、告……できれば私にも使っていただきたいです……」

「分かった分かった。ちょっと待ってろ……で、どうだ、カイト？　体は軽くなったか？」

倒れたまま動かないヘレナに振り向かずに答えた後、カイトに問いかける。

驚いた表情を浮かべたままのカイトは起き上がって自分の体を見回し、手をグーパーと握(にぎ)ったり開いたりして調子を確かめる。

「凄い、です。あれだけ疲れてたのが、嘘みたいに一気に……！」

「回復魔術って傷とかを治(なお)すイメージしかなかったけど、どうやら疲れとかもちゃんと取れるみたいだな」

カイトの隣で倒れていたリナも、キョトンとした様子で起き上がる。

「私、も……疲れが、なくなっちゃった……？」

「やっぱり、少しくらいの距離なら届くのか……フィーナに使った時もメアたちに届いてたしな」

以前、グランデウスが干渉魔術を使ってきた際に、回復魔術の光が当たっただけのミーナとメアの苦痛が和らいでいたのを思い出した。魔法の対象じゃなくても、光だけで効果が出るということか。

「修業によるダメージや疲れを回復魔術で回復。そしてまた修業を開始する」

俺がボソリとそう呟くと、カイトたちの肩が跳ねる。

そんな二人を無視してヘレナの方に向かった俺は、同じく回復させてから、カイトたちの方を振り返る。二人は顔を真っ青にしていた。

「鍛えて回復、鍛えて回復、鍛えて回復、鍛えて回復……」

お経のように繰り返しながらゆっくりと歩いていくと、カイトたちの震えが徐々に大きくなっていく。

「体への負担はそこそこにしなければいけない、無理は禁物……これは修業をする上で重要なことだ。だがしかし、この回復魔術を使えば、その無理が無理ではなくなる」

ある程度近付くと、リナが腰を抜かしてペタリと尻もちを突く。

「しかもこの回復魔術の仕組みが『ダメージを受ける前の状態に戻す』じゃなく『ダメージを治癒する』だとしたら、育成速度をかなり早められるとは思うんだが……」

いわゆる超回復ってやつだな。ダメージを受けた筋肉は修復の際に以前より強くなる。前者の仕組みなら経験がなかったことにされてしまうが、後者の仕組みなら超回復が狙えるし、身体に動作を覚えさせることが容易になる。

「はは……回復魔術をそんな風に使うなんて、初めて聞きましたよ……」

カイトが震えながらそう言うが、それもそうだ。まず回復魔術を使えるような奴自体が稀だと聞いている。

回復魔術は、光属性の魔法が組み込まれている。光の適性は滅多に現れるものではなく、学園で配られた教材では『勇者の子孫でしか現れない』とまで書かれていたくらいだ。

まぁ、俺の場合はシトから貰ったチートだから勇者とか関係ないんだけど。

とりあえず、メアたちが追いかけ回されてる間に、カイトたちは次のステップへと移行しよう。

「次は何させられるんでしょうか……？」

余程不安なのか、おそるおそる聞いてくるカイト。

「さっきフィーナにやったことをお前らにもやる」

「アレをですか⁉」

カイトとリナは、絶望の表情を浮かべた。

それから三十分後。

俺の目の前には、呼吸を乱れさせて泣きそうになっているカイトとリナがいた。

行っていたのは、感覚を研ぎ澄ませる特訓だ。

二人にはこの三十分間、フィーナのように気絶しない程度に調整しつつ、殺気を浴びせ続けていたのである。

ちなみにメアたちは、未だに鬼ごっこを続けているみたいだ。

「し……んはっ！　師匠、今のはなんなんですか？」

ようやく息を整えたカイトが聞いてくる。激しい運動をしたわけでもないのに、全身汗だくだ。

「『気』を当て続けることで、感覚を研ぐっていう訓練だな。んで、今のお前らに放っていたのは殺気……悪意や敵意、様々な気がある中で、人間が一番察知しやすいものだ」

気を当てる、なんて言葉で簡単に言ってしまったが、誰にでもそうそう簡単にできるものではない。

人が気を放つためには、『その気にならなければならない』のだから。

悪意であればイタズラやなにかしてやろうという思いが必要になる。敵意であれば、怒りや憎しみといった感情が必要だ。そして殺意は言わずもがな……相手を心の底から殺そうと思わなければならない。

普通であれば、カイトたちのような弟子という親しい存在に、殺意を向けるのは難しい。

それでも俺がそれをできたのは、人を殺し慣れてしまっているからだと思う。

少し昔を思い出し、憂鬱になりながらも説明を続ける。

「で、これを何度も繰り返していって、向けられた気を察知できるようになる、ってのが目標だな。正直、負担が大きい無理矢理な方法ではあるが、上手くいけばかなり早く領域をものにできるはずだ」

回復魔術で治せるのはあくまで外傷。この方法でトラウマを背負うことになっては本末転倒なので、ゆっくりと進める必要がある。

「これを何度も……予想してたのとは違う方向でキツいですね」

どんよりとした空気で、そう答えるカイト。

おそらくもっと肉体的な特訓をイメージしていたのだろう。

「肉体、技術、精神……それら全てを鍛えるつもりだからな。ある種の拷問だと思っておけよ」

「すぅ……了解、しました！」

大きく息を吸って呼吸を整えたカイトが満足そうな笑みを浮かべ、俺の顔を見る。

リナの方も大きく深呼吸して、俺に向き直る。その頬にはさっき流した涙の跡があって申し訳なくなってくるが、仕方がないと割り切った。

そんな俺に、カイトが気合十分な表情で聞いてくる。

「さあ師匠、次はなんですか？　あんなにキツい思いしたんだし、もうなんでも来いってんですよ！」

「おぉ、気合入ってるな。それじゃあ、次は——」

——ポチョン

川面に異物が投げ込まれ、気持ちのいい音と共に水滴が跳ねる。

投げ込まれた位置からは糸が伸び、俺が持っている棒の先端部分に繋がっていた。

その棒の取っ手部分を持った俺は、川岸で胡座をかいていた。

「えっと……師匠？」

俺の後ろでは、カイトが引きつった笑みを浮かべていた。リナも現状が掴めていないようで、ボーッとしている。

「なんだ？」

「何してるんですか？」

「まさか見て分からないわけじゃないだろ？　釣りだ」

当たり前にそう言って、川に垂らした糸をジッと見つめる。

少し離れたところには、もう何本か釣竿を用意している。もちろん、カイトやメアたちの分だ。

「もしかしなくても、俺たちにもやれってことですか……？」

「言っただろ、俺の修業は肉体、技術、精神それら全てを鍛えるつもり、と。メンタルケアも修業のうちだ」

「はぁ……メンタルケア？」

カイトはそう言いつつ、釣竿を一つ取る。

釣り餌は生きたものとルアーの二つを用意していて、カイトは虫やエビの入った小さいケースを選び、俺の横に座る。

リナも釣竿を持つと、餌をどうしようかと悩んでいた。

「虫が苦手だったらルアーを使うといい。それか何も付けず、垂らすだけでもいいぞ」

「わ、分かり、ました……」

リナはそう言って頷き、ルアーを一つ取ってくる。

俺がルアーだけ取り付けてやると、リナはカイトの横でしゃがんだ。

その体勢だと、もしも魚が食い付いたら引っ張られて川に落ちるイメージしか湧かないのだが……ああ、いや、リナはどんな座り方をしてても、どの道引っ張られて落ちそうだな。

そうなったら諦めようと思い、自分の竿に視線を戻す。

「師匠、なんで釣りなんですか？」

「なんで、か……まぁ、ゆったりできるからかな？　それで魚が釣れたら一石二鳥ってな」

「ゆったりできるから……趣味でやってるとかではなく？」

体は釣竿に向けたまま、視線を俺に移して問いかけてくるカイト。

「別に趣味ってほどでもないな。だが心を落ち着かせるには丁度いいと思ってる。鍛冶の時、熱した鉄を水に漬けて冷ますことで強度を上げるだろ。あんなふうに、『もっとやれる！』と思った時の休息こそ、重要なんだ」

「……そう、ですか」

カイトは返事はしたものの、よく理解できないといった表情をしている。

しかし、その横ではリナが嬉しそうに微笑んでいた。

「……でも私、こういうの好き、です。心が落ち着い、て……風も心地好く、感じます」

「そっか……リナってやっぱ、読書とか好きそうなタイプだよな」

静かにゆっくりしているのが好きそうなイメージだ。

「あ、はい、本を読むのも、好きなんです……暗い、とか言われちゃい、ますけど……」

申し訳なさそうにえへへと笑うリナ。なんかその光景が容易に想像できて、不憫に思えてしまう。

と、そこに水音を立てて二匹の魚が同時に跳び上がる。

「そい」

俺は他の奴が聞いたら気の抜けそうなかけ声を出し、垂らしていた釣り糸を引き戻してから再び放る。そして跳び上がった二匹まとめて釣り針で胴体を撃ち抜き、そのまま引き寄せた。

「ええ……」

『どうしてそうなったの？』と言いたげなリアクションをするカイト。

「師匠……なんで釣りが釣りと呼ばれてるか知っていますか？」

「悪いな、そういう話より、今晩この魚をどう味付けして食おうかということにしか、今は興味がない」

獲った魚を釣り針から外しながら言う。

カイトは「さいですか……」と呆れた様子で零し、リナは俺たちのやり取りを見て苦笑いをしていた。

そんな感じで釣りをしながら雑談をしていると、メアたちが戻ってくる。

「「……」」

「ただいま」

メアとフィーナは今にも死にそうな顔で無言、ミーナは汗だくになりながらも、スポーツを終えたような清々しい表情をしていた。

その後ろからはウルとルウ、精霊王たちがやってくる。

ウルたち二人は汗一つかいた様子もなく、ニコニコとしながら手を繋いでいた。

「おかえり。ほい、回復」

簡潔にそう言って回復魔術を三人にかける。

その最中、ウルとルウが期待の眼差しをしつつ、俺のとこにやってきた。

「兄様、ウルたちちゃんとやれたの？」

「ああ、お前たちもご苦労様」

軽い労いの言葉をかけつつ、空いてる片手で二人の頭を交互に撫でてやる。

撫でられた二人は、気持ちよさそうに表情をふにゃりと蕩けさせた。そんなに撫でられるのが好きなのか？

回復が終わったミーナは、気持ちよさそうに背筋を伸ばす。しかし一方で、メアとフィーナの二人の表情は晴れないままだった。

ウルの狂気が相当心に刻まれたらしい。

「……まぁ、とりあえずほら。釣竿あるから、釣りでもしてボケッとしろよ。カイトたち以上に心の休憩が必要だよ、お前らには」

「「あー……」」

まるでゾンビのような返事をして、俺から釣竿を受け取る二人。

特にフィーナが何も言わない辺り、かなりの重症だな。

そして二人は餌を付けないまま、川に針を放り込んだ。

「大丈夫でしょうか、あの二人……今にも死にそうな顔をしてますけど」

「確実に大丈夫じゃないな。死にそうどころか、もう完全に死んでるもん。特に目の辺りが」

「「あっ……」」

カイトとそんなことを話していると、フィーナが適当に投げた釣り糸に反応があった。

フィーナたちの様子を見ていた俺とカイトは、口を揃えて声を零す。

餌もついてないのに引っかかるのか、と思いつつ、なんとなくこれから起こることが予測できた。

魚が引っかかった釣り糸が、力強く引っ張られる。

しかし、屍のようにフラフラしていて踏ん張る力も残っていないフィーナは、案の定そのまま川の中へと引きずり込まれていった。

「フィーナさぁぁあん!?」

されるがままに川に落ち、流されていくフィーナを見てカイトが叫ぶ。

するとフィーナの近くにいたメアも反応するが……

「大丈夫か、フィーナ……今助け――あっ」

フィーナを助けようと手を伸ばすメアだったが、フラリと倒れる。

そしてさっきの俺たちと同じ間の抜けた声を零し、川に落ちて流されてしまった。

「お前らぁぁぁっ⁉」

状況に流されたまま、水死体のように川の流れに身を任せようとする二人に、俺は思わず声を上げてしまった。

その後、二人を救出して焚き火をし、温かいタオルを渡してやった。

ウルの何がそこまで二人を追い詰めたのかは分からないが、当分の間はウルを修業相手に組み込むのは考えた方がよさそうだと、俺は判断したのだった。

## 第7話　上陸

その日の修業を終了し、夕食を終えた俺たちは船に戻って一眠りした。そして何事もなく船は進み、翌朝を迎える。

俺は皆が起き出さないうちから魔空間に移動し、ベル、クロと遊んでやっていた。昨日は見かけないと思っていたのだが、どうやら林の方で遊んでいたらしい。

そんな中、そろそろ日が昇ろうかという時間になって、ノワールからの念話が届く。

【アヤト様、魔族の大陸が見えてきました】

正午ごろに着くって昨日聞いてたけど、もう陸が見えてきたってことは、夜中のうちにノワールが船をスピードアップさせていたのだろうか。

魔空間から船内に戻った俺は、朝食をとっていたカイトたちを連れてデッキに出る。

ノワールの横に並ぶと、まだ遠くではあるが、たしかに大陸が見えてきていた。

「あれが魔族の……なんか暗くないか？　それに、ちょっと肌寒い気がするんだが」

既に日が出ている時間帯で、俺たちの上は雲ひとつないほどの快晴だ。

しかし魔族の大陸は、その周辺にだけ雲が立ち込めていて、かなり異様な光景に見える。

加えて、これだけ晴れているのに妙に涼しいのだ。

困惑していると、フィーナが得意げに口を開いた。

「私たちの大陸は、一年中曇りなのよ」

「マジでか。だからこんな青い肌に……」

そう言ってフィーナの肩に手を伸ばそうとすると、その手を叩かれてしまう。

「原理は知らないけど違うわよ、多分！」

そんな根拠もない自信で、なぜ人の手を強く振り払えるのか知りたい。

しかしそれにしても——

「「クシュンッ！」」

ミーナとルウが同時にくしゃみをする。

「大丈夫か、お前ら？」

「ズズッ……亜人に魔族の大陸はキツい」

鼻を啜りながら言うミーナ。やはり肌寒く感じたのは気のせいではなかったらしい。

ルウとウルは元々、魔族の大陸を見たいと言って出てきただけだし、風邪を引く前に魔空間へ戻ってもらうとする。

「『亜人は』って言ったけど、種族が関係あるのか？」

俺はそう聞きながら、いつも薄着なミーナに、収納庫からガウンコートを取り出して差し出す。

ミーナはそのコートを羽織りながら頷いた。

「人間の大陸でよく言われているのは、魔族の大陸はこの通り、年中曇ってて寒くて、逆に亜人の大陸は年中暖かい。だから魔族の人は暑がり、亜人は寒がりと言われてる」

「なるほどな……じゃあ、人間の大陸は？」

「……うーん」

俺の質問に唸って悩むミーナ。

「暑い時期もあれば、寒い時期もある……真ん中？」

さらにミーナは疑問形になる。多分、魔族大陸と亜人大陸の中間と言いたいんだろう。

ミーナの言葉から推測するに、人間の大陸にある四季というものは、魔族と亜人の大陸にはないらしい。

「……ん？　誰か海岸にいるな」

「はぁ？」

俺が大陸の方を見て呟くと、フィーナが反応して目を細める。

「……どこよ？　っていうか、ここからあの大陸の人影が見えるなんて冗談でしょ？　何キロあると思ってるのよ……」

やれやれと肩を竦め、呆れてため息を吐くフィーナ。

「いや、たしかに見えるぞ？　貧相（ひんそう）な服を着た村人っぽい魔族の老人が五人と……武装した魔族が三人、か？　なんか脅（おど）してるように見えるけど」

「なん、ですって!?」

するとフィーナが驚きのあまり、船から身を乗り出そうとする。一応、落ちないように肩に手をかけてやった。

「なんで魔族同士が……ああそう、そういう手に出たのね、あいつは……！」

何が起きているのか察したフィーナは歯軋りをし、憎々(にくにく)しげに陸地を睨み付ける。

その表情は、いつものイラついた感じではなく、完全に激怒(げきど)しているように見えた。

直接目にした俺も、あの光景が何を意味をしているのか、だいたいの予想はついていた。

強者による弱者への理不尽(りふじん)な暴力や圧政(あっせい)。いわゆる、恐怖政治というやつだ。

そしてそれを行っているのは言わずもがな、新しく魔王の地位についたグランデウスだろう……あの岸にいる、武装してる奴らはその手下か。

武装した奴らに剣を突き付けられ、腰を抜かしてしまっている年老(としお)いた者たち。

剣を持った連中は、今にも斬りかかりそうだった。

「助けるか？」

「当たり前でしょ！」

フィーナに向けて聞くと、顔を大陸に向けたまま即答してくる。

そうか、助けるか。

俺は自分のハーミッドローブを収納庫から取り出して羽織る。

「もしかして助けに行く気ですか？」

心配した顔で聞いてくるカイト。

実力は十分見せたのに心配してくるとか……心配性なのか優しいだけなのか、判断に困るな。

「そのつもりだよ」

何でもないように言うと、ノワールが若干不思議そうに尋ねてくる。

「ですが、ここからあの海岸までそれなりの距離があります。それにアヤト様はあの地を訪れるのは初めてのようですので、空間魔術による転移はできませんが……」

「何、走っていくさ」

俺はそう言い残して船体から飛び降りる。

「え、ちょっ……⁉」

カイトの驚く声を背後に、俺は海の上を走り始めた。

☆★☆★

「「「えー……」」」

師匠が船から飛び降り、海の上を凄まじい勢いで走っていく姿を見て、俺―カイトとリナ、フィーナさんの三人が驚きを通り越して呆れたように呟いた。メアさんとミーナさん、ヘレナさんは師匠のトンデモっぷりに慣れているのか、そこまで驚いてはいない。

「か、カイト君、私たちは、どうしよ……？」

引きつった笑いをしながら、俺にそう聞いてくるリナ。

「そりゃ……ノワールさんの操縦で、向こうに着くまでジッとしてるしかないんじゃないか――って危なっ⁉」

リナに答えつつ、あまりにも信じ難い光景に思わず脱力しかけていた俺の頭上を、何かが物凄いスピードで飛び去っていった。

一瞬、人の形にも見えた三つのそれは、そのまま船の後ろの海へドボン、ドボン、ドボンと連続で音を立てて落ちていった。

「今のってもしかして……」

「まぁ、アヤトが言ってた魔族よね」

俺の小さな呟きに、フィーナさんが船の手すりに寄りかかりながら、呆れ気味に答える。

「ウルのとんでもない一撃を平然と受ける、海は走る、人を数キロ先の海に落とす……なんだか自分で言ってて笑えてくるわ」

そう言ったフィーナさんの笑い顔は引きつっていた。

すると、師匠が走っていったのを黙って見守っていたノワールさんが口を開く。

「では皆さん、行きましょうか？」

「え、行くって……？」

「私は魔族大陸に行ったことがあるので、あの場へ転移することが可能なのです……ここからは私の魔術であの場所までお送りしますよ、その方が早いですし、ね」

満面の笑みでそう言ってくれるノワールさん。

でも俺たちは知っている。師匠以外を相手にこの人が浮かべる笑みは、営業スマイルだということを。


俺たちは学園長に貰ったハーミットローブを着込んでフードを被ると、ノワールさんが開いた空間の裂け目に入り、魔族大陸の海岸に出てきた。

ノワールさんは船を収納してから来るとのことだったので、一番最後だった。やっぱりこの人も師匠と同じくらいデタラメだ。

そうして魔族大陸に到着した俺たちの目の前では、師匠が魔族の老婆に手を握られて感謝されている、という光景が広がっていた。

「本当にありがとうございます！　あなたのような強く優しい方に助けてもらえるなんて……！」

「大袈裟だなぁ……」

その感謝を受けた師匠は、遠慮気味に苦笑いしていた。

老婆の口ぶりからすると、師匠が人間だってことはバレていないようだ。どうやらハーミッドローブはちゃんと機能しているらしい。

そんなことを思っていると、老人たちが背後に立っている俺たちに気付き、警戒するように身構える。

「な、何者じゃ⁉」

「えーっと……」

何と説明したものかと思っていると、師匠が口を開いた。

「あー、そいつらは俺の連れだ、安心してくれ」

「そ、そうでしたか……！　これは大変失礼いたしました」

師匠の言葉を受けて、警戒の表情から一転、老人たちは笑みを浮かべた。

しかしすぐにその表情は曇り始め、大きなため息が吐かれた。

「……どうしてこうなってしまったんだろうな」

「ペルディア様が魔王だった時は平和だったのにねぇ……」

残念そうに呟く老人たち。

すると何を思ったのか、フィーナさんが前に出る。そして――

「そんなの分かりきってるわ。ペルディア様以外に魔王が務まるはずないからよ」

そう言って自らのフードを脱ぎ、顔を晒したのだった。

「フィーナ、様……⁉」

その顔を見た老人たちは、たいそう驚いていた。フィーナさんを知っている？

「あら、あたしのこと知ってるの？」

フィーナさんの問いかけに、老婆は優しい笑みを浮かべながら何回も頷く。

「ええ、ええ、もちろん。ペルディア様を何度か拝見したことがあるのですが、その横にいつも一緒におられて、とてもお美しかったので覚えていますよ。もちろん、私だけではなく皆思っていることでしょう」

「……そう」

素っ気なく答えるフィーナさん。

機嫌が悪いのかと思ったが、彼女の顔を見ると赤くなっていた。素っ気なく答えたのは、単に恥ずかしかったからか。

「しかしフィーナ様がなぜこんなところに？　ペルディア様は、現在の魔王様に破れ、行方知れずだと聞いているのですが……」

その老婆の言葉に、赤らんでいたフィーナさんの顔が一気に暗くなってしまった。

「ペルディア、様は……」

「今から助けに行く」

師匠が会話に割り込み、ハッキリとそう言った。

「あんた……」

フィーナさんは驚いた様子で目を丸くして、師匠を見る。

「助けにって……まさか魔王様に喧嘩売りに行く気かい!?」

「無茶だ！　いくら若いからといって、勇気と無謀を間違えてはダメだ！」

そう声を上げてなんとか思い留まらせようとする老人の肩に、師匠は優しく手を乗せる。

「安心しろ、勝算があって行くんだ。無茶や無謀の考え無しじゃない」

「……本当か？　本当に任せていいのか？」

「あたしは嫌だねぇ、自分の孫と同じくらいの子供たちが死地に飛び込もうとするのを見るだけってのは……」

そう口々に心配してくれる老人たち。不安で仕方ないというのがとても伝わってきた。

やっぱり、人間や魔族とか関係なく優しいひとはいるんだよな……

「多少の無茶はさせてくれよ。じゃなきゃ、あんたらの孫やその子供たちが、もっと酷い目に遭っちまうからな……な、フィーナ」

師匠がそう言ってフィーナさんの方を見ると、彼女は面白くなさそうに膨れっ面になり、師匠の肩を軽く殴る。

「あたしより年下のくせに、何生意気なこと言ってんのよ」

「年下って生意気なもんだろ？」

「うるさい」

そんな師匠たちのやり取りに、老人たちはクスリと笑う。

「なるほど、あなたたちならば、魔王様を倒せそうな気がしますね……そうだ、時間があるようでしたら、私たちの村に寄っていただけませんか？　お礼もしたいですし」

　老婆の言葉に、師匠とフィーナさんは顔を見合わせる。

「どうする？」

「どうするって……正直、道草食ってる暇はないわよ？　寄るとしても、この人たちを送り届けるだけだからね」

「ま、それで十分だな。というわけだ、あんたらを送り届けたら、俺たちは行くよ」

　師匠の言葉に老人たちは、「ありがたや」と言いながら何度も頭を下げていた。

「お忙しいというのに、村まで送り届けていただけるとは……ありがたいことです。せめて、あなたのような方が魔王であればよかったのですがねぇ……」

「やめてくれ、縁起でもない」

「え……？」

　師匠の不用意な発言に、フィーナさんが脇腹に肘打ちを入れる。普通魔族にとっては、魔王になるってのは名誉なことなはずだもんな。

「いや、なんでもない。ああ、でも道中、さっきの奴らの話を聞かせてもらえるか？　なんだか知らない間に魔王が入れ替わってるわ、新魔王の部下が暴れてるわで何がなんやらな状態でな」

「それならお安い御用です」

それから道すがら、魔族の現状を教えてもらった。

どうやら現在の魔王グランデウスは、戦力を集めているらしい。

各街に部下を送り出し、最低限の戦う力を持つ者を男女問わず集めているのだとか。

そしてその呼びかけに応えなかった者、反抗した者には、制裁が加えられているそうだ。

この老人たちの住んでいる村にいた若い人たちも、見せしめに二、三人殺された後、戦力になりそうな人たちは全員連れていかれたという。

「今では子供が数人、あとは年寄りのみとなってしまった……」

「せめてもの救いは、門番が二人だけ残されたことくらいか？」

「しかし言っては悪いが、彼らもあまり強いとは言えんしな。不安が募るばかりじゃよ……」

不安をそれぞれ口にする老人たち。

戦力集め……ということは、やっぱりあっちも俺たちが来るのを知ってて迎え撃つ準備をしているのだろう。

少し気になってフィーナさんの方を見ると、イラついた様子で親指の爪をかじっていた。

「そこまで好き勝手なのか……そのうち反抗勢力が出来上がっても不思議じゃなさそうだな」

「何言ってんのよ、あたしたちがまさにソレじゃない」

師匠の言葉にフィーナさんがそう返す。

たしかに今の俺たちは、魔族のふりをして魔王と敵対する姿勢を見せている。端から見れば、まさに反抗勢力そのものだろう。

「なら、今からでも『打倒グランデウス！』なんて掲げたら、意外と仲間が集まるんじゃないか？」

「それはやめた方がいいですよ。あのお方は、魔王を襲名した直後、街一つを見せしめとして、魔術一つで消し飛ばしてしまったのですから」

「ッ……！」

フィーナさんの表情が強ばる。

魔術一つで街を⁉　師匠たちはそんな化け物相手に、これから戦いを挑みに行くのか……？

心配になって師匠の顔を覗き込んでみたが、ケロッとしたままだった。

もはやふざけているのでは？　と思うくらい雑な感想だった。

「酷い奴だなー」

えっ、嘘でしょ？　街を消し飛ばす魔王って聞いても動じないなんてどういうこと？

なんて考えたものの、すぐに俺たちの後ろに付いてきているヘレナさんとノワールさんのことを思い出した。

……そういえばそうでしたね、ここにも二人ほど、そういうことができそうな人物がいましたね。人物っていうか、竜と悪魔ですけど……

あまり深く考えないようにして、師匠たちに付いていくことにした。

「まぁ、その消された街には『不幸の象徴が生まれた』なんて噂がありましたし、それがもしかしたらこうなるという前兆だったのやもしれませんね……」

不幸の象徴？　それってオッドアイのことだよね？

魔族でオッドアイっていうと、それってもしかしてウルちゃんのことじゃ……ってことは、ウルちゃんが産まれて、捨てられた街ってことか？

そう思って師匠に目を向けた途端、俺は小さな悲鳴を上げてしまった。

「ヒッ⁉」

師匠の顔には、どこか楽しそうな、酷く歪んだ笑みが浮かんでいたのだ。

「ん？　どうした、カイト？」

しかし次の瞬間には、いつもの優しい微笑みを浮かべていた。

「い、いえ……なんでもありません」

一瞬見間違えたかと思ったが、おそらくそうではないだろう。

なぜならば、師匠を挟んで反対側を歩いていたフィーナさんも、さっきの師匠の顔を目撃してしまったのか、青ざめてしまっていたからだ。

あの表情が気のせいでないと思うと、いま師匠が浮かべている微笑みがとても恐ろしいものに感じた。あんな歪んだ笑みを浮かべながら何事もないように取り繕うだなんて、あの微笑みの裏で何を考えているのか、まったく分からなくなったのだ。

普段の師匠は少しぶっきらぼうだけど、優しい人だと思い込んでいた。もちろん、たった二日三日の付き合いしかない俺が、師匠のことをちゃんと知っているとは自分でも思っていない。

そして今、これまで知らなかった師匠の一面を見ることができた。師匠はただ優しいだけじゃなく、あの微笑みの奥に様々な顔を持っているのだ。

黒いものを腹に抱えている師匠を今のうちに知っておいてよかったとも思った。

今より親しくなってから、そんなマイナスの面を知るよりは、今知っておいた方がマシだろう。

それにしても今の笑み、師匠はそのウルちゃんを追い出したかもしれない街が潰れて『ざまぁみろ』とでも思ったのだろうか？　……そう考えると結構陰険だな。

考え方を変えれば、ウルちゃん想いとも言えるんだけど……今は妹になったから妹想い？　とにかく、そう考えておこう。

なんて話をするうちに、老人たちの住む村に到着した。

入り口付近に近付いていくと、門番らしき二人がこちらに気付き、槍と剣を構えて向かってきた。

「おお、婆さんたち！　無事だったか！　……って誰だ、お前たち？　魔王、様の部下……ではなさそうだが？」

「いや待て……フィーナ様？　フィーナ様ではありませんか⁉」

　フィーナさんの顔を見た瞬間、槍を持った門番の人が驚きの表情を浮かべ、門番二人は同時に武器の構えを解く。

「人気者だな」

　師匠がからかうようにそう言い、フィーナさんの脇を肘で突く。

「うるさいわね、本当に！　人気なのはあたしじゃなくてペルディア様よ！　そうじゃなきゃ、あたしなんて……」

「いえ、フィーナ様のことも皆知っていますよ？　なんせ魔王様とフィーナ様、絶世の美女がいつも二人並んでいるので有名ですから！」

　剣を持っていた男の人が拳を握り、興奮した様子でそう言う。

　その言葉を受けて、フィーナさんが顔を真っ赤にしていた。

「絶世の美女だってよ！　やっぱフィーナって体型がいいだけじゃなくて、絶世って言われるくらいの美じ――いてっ⁉」

　悪気はないのだろうが、メアさんが自慢するような言い方をすると、その途中で彼女の頭にフィーナさんがゲンコツを食らわせた。

「あんたら揃いも揃って、ばっ……かじゃないの！」

力を込めて叫ぶフィーナさん。ただ、顔を赤くした状態で叫んでも可愛く見えるだけだと思う。

「おい、フィーナ。そんな顔を真っ赤にして叫んでも、可愛く見えてファンが増えるだけだぞ」

師匠も同じことを思っていたらしく、そんなことを言い出す。

フィーナさんは師匠をキッと睨むが、すぐに諦めたように俯いてため息を吐いた。

「……もういいわよ。この人たちも無事届けたんだし、さっさと行きましょ」

「本当にもう行ってしまうのかい？　せめてお茶の一つでも出したかったんだがねぇ……」

老婆の一人がそう言い出して、少し困った表情をするフィーナさん。

「そう言ってくれるのは嬉しいけど、早くペルディア様を助けに行きたいから」

「そうかい……愛されてるんだね、ペルディア様は」

「当たり前よ。グランデウスとかいうわけの分からない奴が魔王になっても、私の魔王はペルディア様だけよ」

自信満々にそう言い放つフィーナさん。

その様子を見た師匠やメアさん、そして俺も呆れ気味に笑う。

場が和んだ次の瞬間、遠くから悲鳴のようなものが聞こえてきた。

その悲鳴の源は、村の奥らしかった。

## 第8話 目撃

「ガーランド隊長……ちょっと待ってください……」

この魔族大陸の深い森の中では腰の剣が邪魔だなと思いつつ、俺は草木を掻き分け進んでいく。そんなガサガサという音の中、俺の名を呼ぶ情けない男の声が聞こえた。

俺はガーランド。人間大陸のとある国に雇われている、ＳＳランクの冒険者だ。今現在、王からの命令で魔族大陸に潜入している。

その命令の内容とは、魔王の討伐。しかも大軍を興せば人間対魔族の全面戦争になるからと、六人という少数精鋭で向かうように指示されていた。

正直なところ、こんな少数で乗り込めと言われた時は何の冗談かと思ったが、王は冗談を言うような人物ではなかった。

『全面戦争になって、魔王討伐という手柄が他国に奪われてはならない』という、我らが王らしい強欲さを発揮して、こんな無茶を言い出したのだ。まったく、頭が痛くなる。

「ガーランド隊長……」

再び聞こえてきた情けない声の方を振り返ると、短い金髪の若い男が、疲労した様子で膝に手を突いていた。

彼の名はアーク、Bランクの冒険者だ。無類の女好きで、亜人や魔族でも気にせずに手を出すと、悪い意味で評判だった。以前一度、世帯持ちだった亜人に手を出して痛い目に遭ったそうだが、本人は今でも懲りていない。これでも実力はそれなりにあるというのが不思議だ。

「だらしないぞ、アーク」

俺がそう一喝すると、女性がひょいとアークを追い越した。

「そうですよぉ？　前衛担当のアークが、魔術師の私より早くバテるのはおかしいですよぉ」

ゆったりとした独特の口調で話す、いかにも魔術師らしい紫色の帽子とローブを着た彼女は、Aランク冒険者のセレス。メガネの奥の垂れ目な瞳と長い髪は、綺麗な緑色だ。手足をすっぽりと隠す大きなローブを着ていても分かるほどに豊満な胸が目立つ。おっとりした雰囲気だが、言いたいことはハッキリと辛辣に話す性格で、胸につられて言い寄ってきた男を幾度となく泣かせてきた。

「でもガーランド隊長、少し歩くの速くないですか？　ノクト様が置いてかれちゃいますよ！」

さらにもう一人、ポニーテールを揺らしながら、アークの後ろから俺に声をかけてくる者がいた。

彼女はBランク冒険者のラピィ。この草木が生い茂る森にいながらも、下着同然の布面積な上着とホットパンツという軽装の、小柄な女性だ。彼女はセレスとは正反対の体型で、初対面のアークに子供と間違われたことがあった。ちなみにアークはその後、気を失うまで殴られていた。

俺はラピィの言葉を受け、彼女の隣にいる人物に目を向ける。

そこには、ラピィと似たような、いや一回り背丈と体格を小さくしたような人物がいた。

「僕は大丈夫だよ。足幅が狭いだけで、体力には自信あるから」

高く澄んだ声と華奢な体躯、白髪に黒い瞳をしていて、まつ毛も若干長い。

何も知らなければ少女と間違えられそうだが、彼は歴とした男だ……かく言う俺も、初めて彼を見た時は、すっかり少女だと勘違いしていたのだが。

そんな彼の名はノクト・ティルト。

三年もの年月をかけて行った召喚の儀によって、我が国が召喚した『勇者』である。

しかも彼はただの勇者ではなかった。

彼が目を覚ました時に身の上話を聞いたところ、ここは違う世界でも、勇者として活躍していたらしい。つまり、彼にとっては二度目の勇者だということだ。

そもそも、この世界とも、そして彼の故郷とも違う第三の世界があるというだけで驚きなのに、そこでも勇者をやっていたとは……ノクトはよほど特殊な運命を宿しているのだろう。

そうして王は、この勇者に魔王を討伐させるべく、この部隊を編成した。

ノクトは十五歳だというが、身長がかなり低く、正直十歳かそこらの少女と変わらないと思う。そのせいでますます少女っぽく見えているのだが……それは口に出さない方がいいだろう。

「ラピィ、ノクトは勇者だ。たしかに心配したくなるのは分かるが、それは彼に失礼だぞ」

俺がそう言うとラピィは頬を膨らませてイジけてしまい、そのやり取りにノクトは軽く笑う。

「ではせめて、前衛でも後衛でも、そもそも冒険者ですらない私の身を案じてくれると嬉しいんだが？」

そんなノクトのさらに後ろから、足首まで届くほどの燃えるような赤い髪を持った背の高い女性、シャードが、平然とした表情で言いながらやってくる。

寝不足なのか、目の下に濃いクマができてしまっていて、気だるそうに俺を見ている。

しかもこんな森の中だというのに白衣を着ていて、動きづらそうなことこの上ない。

研究者である彼女は本来は非戦闘員なのだが、俺たちの傷を癒す医師として同行が決定した。最初は躊躇していたものの、王から離れられるいい機会だと考え、決定を受け入れたらしい。

「そんな格好をしているからだ。なんでもう少し動きやすい服装にしなかったんだ……」

俺が呆れた口調でそう言うと、シャードは一度自分の格好を見下ろす。

そして肩を竦め、飄々とした態度で言い放った。

「悪いな、これは研究者としての正装なんだ。そして私は、いついかなる時でも研究者でありたい……分かるかな？」

つまりその服装以外の服を着る気がないということか。

そして彼女はあくまで研究者であって、戦闘に参加する気はないと言いたいのだろう。

そう理解はできた。だが納得ができない俺は、あえてこう答える。

「分からんな」

「そうか、残念だ」

シャードはそう言うが、とても残念そうにしているようには見えない。

するとノクトが、再びクスリと笑う。

「まぁ、とにかく僕に関してはガーランドさんの言う通りです。僕はこの世界に来る前にも勇者をしていたので、むしろ皆さんより経験豊富ですよ？ なんて……」

軽い冗談を言ったノクトの肩にラピィは腕を回し、彼の頬を拳でグリグリする。

「なーに生意気言ってんのよ！ 年齢じゃ、私たちの方がお姉さんなんだから甘えなさいよ！」

ノクトがどんな実力を持っていようと関係ないと、年上アピールをするラピィ。

「そうですよぉ、ノクト君は弟みたいな存在なのですから、私たちに甘えていいんですよぉ～♪」

するとセレスも便乗して、ノクトの背後に回って抱き付く。

そのせいでセレスの大きな胸がノクトの頭の上に乗り、ノクトは顔を真っ赤にしてしまっていた。俺の隣にいるアークは、羨ましそうにしている。

「クソー、やっぱ勇者って役得が多いですよねー……あーあ、俺もチヤホヤされたい」

「私、仮にアークが勇者だったとしても蹴り飛ばせる自信があるわ」

「私も魔術を放てそうですねぇ……」

ラピィとセレスにそう言われてガクリと肩を落とすアーク。こいつは女癖が悪いからなぁ……なんて考えていると――

――ズドンッ！

少し離れた海岸の方から、凄まじい音と地揺れがした。

まるで強力な魔術が放たれた時と同じような感覚だった。

瞬間、全員が警戒態勢になる。ラピィはノクトから離れて腰の短剣を抜き、セレスも背中に背負っていた杖を手に持つ。アークも先程までのチャラチャラした雰囲気を消し、鋭い目付きに変わっていた。

さすが、と言うべきだろうな。

彼ら三人のことは、俺が王に仕える前、冒険者の活動をメインでしていた頃から知っている。少なくない冒険者の知り合いの中でも中々腕が立つ、幾度も冒険を共にした信頼を置ける者たちだ。

だからこそ、いつもと勝手の違う魔族の大陸にいても、普段と同じように振る舞うことができていた。

非常事態にもかかわらず、シャードは特に身構えもせずにリラックスしているように見えるが……それだけ胆力があるということだろう。

しかし不思議なのは、ノクトもシャードと同様に、特に身構えていなかったことだ。

「何かあったんでしょうか？」

挙句にこのセリフ。敵地だというのに、緊張感がまるでない。

これが勇者であるがゆえの余裕であればいいのだが……

「とりあえず、音のした方に向かってみますかぁ？」

セレスの提案に一旦思考を打ち切った俺は、賛成の意を示すために頷く。

「おそらく魔族同士の諍いだ。念のため身を屈ませながら進め、見つかると巻き込まれる可能性がある。ノクトがいるとはいえ、極力戦闘は避けたい」

シャードとノクト以外から「了解」と返事が聞こえ、二人も指示に従って、身を屈ませて進み始めた。

それから森の中を進むこと二十分ほど、一つの村が見えてきた。

「魔族の村か……」

「隊長、あそこに人だかりが……魔族だかり？」

ラピィがそんなどうでもいいことで混乱し、「あれ？」と首を傾げる。

彼女が示した方に目を向けると、倒れ込んでいる少女の近くで、二つの勢力が三メートルほどの距離を空けて睨み合っているようだった。

片方は武装した魔族。武器を手に持ち、卑しい笑みを浮かべている者が十数人。

そしてもう一方は村人らしき魔族たちと……フードの集団？　しかもあのローブは、造形からするとハーミットローブだ。なぜ隠蔽効果のあるローブを？　身分がバレてはならない集団なのか……？　その割には一人、フードを被らず顔を晒している魔族もいるが……

そう考えていると、ノクトが突然呟く。

「あれ、人間もここにいるんですか？」

「「……え？」」

予想だにしていなかった言葉に、全員が声に出した。

「待て、ノクト……お前はあのフードで隠れている顔が見えるのか？」

「あ、はい。人間や亜人の子が混じっています」

どういうことだ？　人間に亜人？

ローブで姿を隠しているとなれば、魔族と仲良くしているというわけでもなさそうだが……いや、しかしそれでもおかしい。

あのローブを着ている連中はなんなのだ……？

疑問だらけの状況に戸惑っていると、セレスが体を震わせて、顔を青ざめさせていることに気付いた。

「あぁ、ダメです……ありえないですよ、こんな魔力量ぉ……!?」

彼女は、魔力を目で捉えることができる。その目で何かを見たようだが……

いつものゆるい印象はそこにはなく、何かに怯えているようだった。

「おい、しっかりしろセレス！　何があった!?」

「隊、長ぉ……ここから逃げましょう？　あのローブの人たちに関わってはいけません！

特にあの先頭の人には！」

俺の肩を掴んで揺すりながらそう言うセレス。一体何を怖がっているんだ？

再び視線を人だかりに戻すと、ローブを着た者の一人が前に出ていた。セレスが言っているのは奴のことか？

そこまで遠くないこともあって、彼らの会話はハッキリとこっちまで聞こえてくる。

「貴様ら……今、我が主人を愚弄(ぐろう)したな？」

ずいぶん若い男の声だった。その声は低く、怒気(どき)が含まれている。

しかし対峙(たいじ)している武装した魔族は、ニヤニヤと笑みを浮かべながら、さらに煽るような言葉を放った。

「あぁん？　陰険な格好をした奴を陰険って呼んで何が悪いんだよ？　揃いも揃って変な格好をしやがってよぉ」

「……さすが、虫のような脳みそしか持たない生物は言うことが違う。このローブの意味も知らないとは、どんな生き方をすればそんな恥知(はじし)らずな知識の乏(とぼ)しさになるんでしょうか？」

それに対して、ローブの男も煽っていく。

言い返された男の表情からは、一瞬にして笑みが消えた。

「……んだとコラァッ⁉　もっぺん言ってみろ！」

「もう一回言ったところで、先程私が言った言葉の一つも覚えていないでしょうに……」

ローブの男はさらに煽ってクスクスと笑う。

その態度で堪忍袋の緒が切れた武装した魔族たちは、ついに彼らへと襲いかかろうとする。

「上等だ、死ねやァッ！」

武装した魔族たちは一歩踏み出そうとするが、次の瞬間、ローブ集団の先頭にいた男が、彼らの目の前に立っていた。

「あがっ⁉」

そしてそのまま、目の前にいた魔族の頭を掴んで持ち上げる。

「なっ、いつの間に⁉」

「今の……全く見えなかった……⁉」

アークとラピィが驚いた声を出す。俺も同様に、動きを追えていなかった。

瞬きもしていないのに、いつの間にか魔族の前に立っていたのだ。

「魔王だなんだ、くだらないことで天狗になるのはどうでもいいが、主人に危害が及ぶようなことがあるのならば……身の程を弁えさせなければなりません」

「ぎ……やめっ……⁉」

ローブの男は魔族の小さな悲鳴など意に介さず、詠唱する。

「――闇人の狂乱」

男が唱え終わると同時に、武装した魔族たちの影から形容しがたい何かが現れる。

ソレは手や足がある、人に似た形をした黒いものだった。

とても生物とは言えないソレはヌルヌルと不自然な動きをしながら、その影の主を襲い始めた。

「なんっ、なんだこいつらは⁉」

「おいこれ……影に呑み込まれてるぞ！」

魔族の言葉通り、彼らは人の形をした黒いソレに引きずられて自らの影の中に連れ込まれていった。

いくつもの悲鳴は徐々に消えていき、最後には文字通り『見る影もない』状況となっていた。

あまりの異様な光景に、その場が静まり返る。

村の魔族たちは目撃したソレが何なのか理解できず、ただ呆然と立ち尽くしていた。

俺の周囲にいるアークたち冒険者連中も言葉を失っている中、シャードとノクトは特に驚いた様子も見せず平然としている。

「ふむ、今のは闇の魔術か……？」

「魔術……たしか魔法を複雑に組み合わせたもののことですよね？　この世界の魔法って

凄いなー！」

それどころか二人共、キラキラした眼差しをしていた。

シャードのアレは今に始まったことではないからいいとして……ノクトにとって目新しいものかもしれないが、今この状況がどんなものか、理解できていないのだろうか？

「ノクト、君はずいぶん落ち着いているが、あれを見て怖いなどとは思わないのか？」

「え？……そうですね、多分勝てなくはないと思います」

そのノクトの言葉に、シャード以外の俺を含めた全員が、目を丸くして彼を見た。

冒険者として経験を積んできた俺たちでもあの未知の魔術を見て怖気付きそうになっているというのに、彼はなんでもないように言い放ったからだ。

「前の世界にも似た人がいましたが……ああ、でもあの時とは状況が違うから、ちょっと厳しいかな……？」

そう言って悩むノクト。

その言い方からして、その似た人とやらを倒したと捉えていいのだろうか？

「なんだ、勇者ノクト様がそう言うなら、俺たち全員でかかれば勝てるんじゃないの？」

さっきまでとは打って変わって、軽々しくそう言うアーク。こいつはすぐに調子に乗る……

しかし次の瞬間、ノクトがケロッとした表情で言葉を続けた。

「あっ、無理です。今、僕たちがあの人たちに戦いを挑んでも絶対に勝てません」

「……ん？」

「は？」

今度はさっきと逆の言葉が出てきた。

勝てるかもしれないのに絶対に勝てない？

頭が少し混乱しそうになる前に、ノクトに聞いておく。

「さっきと言ってることが違うのは、なぜだ？」

「はい、さっきの勝てるかもってのは、あの先頭にいる人だけが相手だったらって話なんです。ですが他の人が一緒となると……特にあのローブを着た魔族の隣にいる人は多分、先頭の人より強いです」

「なっ……に⁉」

あの異常な魔術を使った先頭の男より、だと⁉

「でも、あの人からは何も感じませんよぉ……？　魔力の欠片も……え？」

少し落ち着いてきたセレスが、また何かに気付いたように声を上げた。

「今度はどうした？」

「何も感じない……どういうことでしょう？」

冷静さを失う、というほどではないが、明らかに動揺した様子だった。

「何も感じないのがおかしいことなのか？」

そう聞くと、セレスは小さく頷いた。

「人には少なからず、魔力が宿ってるはずですぅ。しかしあの人からは魔力の片鱗も見えない……」

「それって、魔力がないってこと？」

セレスの言葉を受けてラピィがそう聞くが、セレスは首を横に振る。

「魔力が全くないなんて、ありえないんですぅ……魔力とは人の肉体と繋がっていましてぇ、魔力切れになればまともに行動することは不可能ですし、完全に無くなるということは死を意味しますぅ」

「それじゃあ──」

ノクトが顎に手を当てる。

「逆に魔力が凄く多いとか？」

「「「「……」」」」

この場にいる全員が沈黙し、村で交わされている会話がよく聞こえてくる。

『まさか』とその場の全員が思っただろう。

魔力量が多すぎて、魔力を視認できる能力でも確認できない、など……

ただでさえ敵しかいない魔族大陸で、いくつもの魔族以外の脅威に直面するなど、考えてもいなかった。

しかしノクトは、変わらず平然とした口調で話す。

「でも大丈夫だと思いますよ。あの人からは嫌な感じがしませんから」

何を根拠にそう思っているのか、疑問しか出てこないノクトの言葉。

そんな中、ローブの集団の方で動きがあった。

## 第9話　魔族の村

フィーナの宣言に俺やカイトが顔を見合わせて苦笑していたところで、村の奥の方から悲鳴が聞こえてきた。

何が起こったのかとそちらを振り向くと、村の方から数人の子供の魔族がやってきた。

「今の悲鳴はなんだ⁉」

「グランデウスの手下です！」

村人の言葉を聞いた門番二人は、その悲鳴のあった方へ駆けていく。

「門番どっちか残していけよ……しょうがない。ヘレナ、ここで待機してくれるか？　んで、敵対しそうな奴が来たら念話で……ってどうした？」

言葉の途中でヘレナの顔を見ると、目を丸くして驚きの表情を浮かべていた。

何事かと思って尋ねてみると、すぐにいつもの表情に戻る。

「解。アヤトがヘレナを頼ってくれるとは、思っておりませんでしたので……」

「俺だって万能じゃないんだ、お前に頼ることもあるさ」

そう伝えると、ヘレナが一瞬微笑んだ気がした。

そして俺はヘレナ以外の全員を連れて、門番が駆けていった方向へ向かった。

あっという間に村を抜け、辿り着いたのは裏門の外だった。

そこにいたのは、怪我をして横たわっている幼い少女とそれに駆け寄る村人たち。それから、海岸にいた魔族と同じような武装をした魔族たち十数人だった。

「おー、痛ぇ……こいつのせいで足折れちゃったよ？　どうしてくれんだ⁉」

「あーあ、こりゃこの村焼かないとダメかなぁ？」

武装魔族はニヤニヤといやらしい笑いを浮かべながら言う。

完全にチンピラだな。

「おい、アレ俺の世界でも見たことあるぞ。カルシウムが足りな過ぎて、軽くぶつかっただけでそこら中折れる貧弱体質の奴」

「カル……？　いや、あれどう見ても言いがかりですよね？　折れてもなさそうですし」

「ああ、ただの詐欺だからな。ああいうのはまともに相手しない方がいい」

「そうなんですか」とカイトが返事をすると、俺たちの会話が聞こえていたらしい武装魔族が、こっちを睨み付けてくる。

「おい、そこの汚ねぇボロローブ着た陰険野郎！　何好き勝手言ってやがんだ⁉」

そして俺を指差し、高らかにそう叫んだのだった。

当然、俺に向かってそんな態度を取る奴がいれば、ノワールが黙っているはずがない。

案の定怒ったノワールが、闇魔術でチンピラ共を一掃した。闇魔術で影の中に引きずり込むとは……なんとも面白い。今度真似してみようか。

……それはともかく、向こうでコソコソと覗いてる奴らは何なんだろう？

見た限り全員人間だし……迷子？　はさすがにないか。

一人ベテラン冒険者っぽい体格のいいおっさんいるし、それで迷子だったら驚くわ。

というか魔族大陸にいる時点でだいぶ怪しいよな、俺たちもだけど。

「あ、あの……」

そんなことを考えていると、近くの魔族が俺に話しかけてきた。

その人物は、さっきこの村に届けた老婆の一人だった。その向こうでは倒れている少女を治療しようと、村人たちが騒いでいる。

「早くポーション持ってきてくれ！」

「右手はもうダメかもしれんが……なんとか生きてくれ！」

泣きじゃくる声と縋る声、焦りや怒りなどが混じった色んな声が聞こえてきた。

「先程から何度も助けていただきありがとうございます……今見ていただいた通り、現在の魔王様になってからというもの、不届き者が増えてしまったのです。ここにいる老人や子供、あの若い男二人では抵抗も虚しいだけで……あなた方のようなお強い方が居合わせてくれて、本当に助かりました」

そう言って力無く微笑む老婆。

あの子供の状態もそうだが、この村の現状が痛々しく思えてしょうがなかった。

「……ま、どうせだし、別にいいか」

俺はそう小さく呟き、老婆の横を通り過ぎ、少女の方へ向かう。

「どうなさいましたか？」

後ろから聞こえてくる老婆の質問を無視し、村人たちの間を通って少女の前へと出た。

「な、なんだ……もしかして、ポーションを持ってるのか？」

ポーション？　たしか回復薬のことだっけか？

「いや、ポーションなんてものよりも確実な手段だ」

俺はそう言って、息も絶え絶えの少女の傍らに膝を突き、状態を確認する。

右手が変な方向に曲がり、吐血もしていた……内臓もいくつかやられているらしい。

俺は少女の腹に手を置き、回復魔術をかける。

手の平から眩い光が漏れ始め、少女を包み込んだ。

肌の所々にある擦り傷があっという間に消え、歪に曲がっていた腕もゆっくり元の形へと治っていく。

しかし骨折などはそう簡単には治るわけではないらしく、かなりの激痛を伴うようだった。

「痛い痛いっ！　痛いよぉ……！」

少女の泣き声に思わず手を止めてしまいそうになるが、そこは感情を抑えて治療に専念する。

「我慢しろ、もうすぐ痛いのはなくなる」

あやすような言葉をかけてから数秒後、言った通りに少女の腕は治り、治癒のための痛みも消えたため、少女は泣きやんだ。

「もう……本当に痛くない？」

「多分な。ほら、起き上がって体を動かしてみろ」

そう言いつつ、少女が起きるのを補助してあげる。

少女は確認のため、腕や足をブンブン振り回したり走ったりし、パッと明るい笑顔を俺に向ける。

「もう痛くない！　ありがと！」

そう言って俺のところまで駆け寄り、足に抱き付いてきた。

その頭を撫でてやっていると、他の村人たちが両膝を地に着けて跪き、祈りを捧げるような姿勢になった。

「ああ、ありがたい……まさか回復の魔術を使える者が我ら魔族に現れるなんて！」

まるで神様を崇めるみたいに、頭を上げて下げてと繰り返す村人たち。

まあ俺、魔族じゃないけどな。

というのは口には出さず、心の中に仕舞っておく。

すると何を思ったのか、俺たちの様子を覗き見していた例の奴らの一人が立ち上がって、ズカズカとこっちにやってきた。

俺とそう変わらないくらいの身長で、足首にまで届こうかという赤い髪をした、人間の女。

「何者……って、に、人間!?」

その突然の出現に、村人たちはパニックになる。

ただでさえ、グランデウスの部下が暴れてピリピリしているのだ。そんなところに、魔族大陸にいるはずのない人間という爆弾が投入されれば、どうなるかは想像に難くない。

門番の男たちは武器を構えて敵意を剥き出しにし、老人たちは戦えない子供たちを家の中へと入れていた。

そんな慌しい中を、赤髪の女は早足でこちらに近付いてくる。

ちなみに、早足だったおかげでその女の胸が激しく上下に揺れていたのを、門番や初老の男魔族がガン見していた。

どうやら、大きいものに目を奪われるのは、人間か魔族かなどの種族は関係ないようだ。

しかしその女はそんな視線など気にも留めず、真っ直ぐと俺の方へと向かってきたかと思うと、目の前で立ち止まった。

「回復魔術……面白いものを見せてもらったよ」

女はそれだけ言って、品定めするかのように俺をジロジロと見てきた。

今はハーミットローブを着てるから、俺の正体は見えていないはずだが……まさか『見破り』を持っているのか？

「君は本当に魔族なのか？　闇の魔法や魔術を使う前例はいくらでもあるが、魔族が光の適性を使いこなすなど聞いたことがない……もちろん、人間でもそうそういない。実に興味深いね」

そう言ってニッと笑う女。どうやら興味本位の視線なだけだったようだ。

しかし、これ以上こいつと話をしてると村人たちに身バレしそうだ……早めに、なおかつ自然な感じでここから逃げるか。

「俺からすれば、あんたの方が面白くて興味深い。人間が、なんでわざわざ俺たちの前に姿を現した？」

「ん？……ああ、すまない。たまに周りが見えなくなることがあってな。私はシャード。研究者をしていて、薬師としても活動している。この大陸には薬草調査のために、一人でやってきたんだが……そこに君が回復魔術を使っているのが見えて思わず飛び出てしまった、というわけさ」

よくもまぁ、即興でそこまでの嘘を混ぜたものだ……

おそらく名前、職業は偽っていないが、目的と人数は嘘だ。現にこいつがさっきまでいた場所には、もう五人いるみたいだしな。

しかし、魔術を見て思わず飛び出したというのは本当だろう。そうでなければ、このタイミングでいきなり姿を見せた理由がない。

回復魔術を見て、か……たしかに俺の使う回復魔術はフィーナから言わせれば『ありえない』ものらしいが、このシャードと名乗る女の言い方だと、回復魔術自体珍しいのか？

ＳＳランク冒険者のミランダに喧嘩を売られて決闘した時には、回復役が待機してたみたいだけど……ここはひとまず知らないふりをして情報を聞き出してみるか。

「回復ってのはそんなに珍しいのか？」

「当たり前だ。回復魔術というのは、必ず光の適性を持っていなければならない。しかしそんな人材は滅多にいなくてね。それが魔族側に現れたとなったら興奮してしまって、それはもういてもたってもいられなった、というわけさ」

『仕方ないだろう？』とでも言いたげに、肩を竦めるシャード。

なぜこいつは、こうも堂々としているのだろうか？

「それで？　あんたはこの状況をどうするつもりだ？」

「どうする、とは？」

俺が自分の後ろを差し示してやると、シャードが体を傾けて見る。

そこには未だ武器をこちらに向けて警戒する門番と、鍬などの農具を手にして敵意を剥き出しにした老人たちが集まってきていた。

「あんたは人間、ここは魔族の村……オーケー？」

俺がそう言うと、シャードは顎に手を当てて考え込み始める。ずいぶん冷静だな……何かこの状況を打開する策でもあるのか？

「ふむ……たしかに軽率な行動だったな。しょうがない、焼くなり煮るなり犯すなり好きにするといい」

ないのかよ。

「潔すぎるだろ、おい。あと最後の一つ余計だぞ」

「間違ってはいないだろう？　男が女を捕らえた後など、どうなるか想像に難くない。魔族が亜人がーなどと言う連中も多いが、性欲に種族の壁などないさ」

シャードはそう言ってニヤリと笑い、門番の一人を見た。さっき胸をガン見してた奴だ……完全にバレてたな、これ。

会話を聞いていたその門番は顔を赤くして逸らす。

「だとしても、俺はお前をどうこうしようなんて考えてねえよ。そうだな……なぁ、その顔赤くしてる奴！」

俺がそう呼びかけると、さっきの門番が返事をする。

「な、なんでしょう？」

「この人間の女の処遇をどうするか、俺たちで決めていいか？」

俺の言葉に、門番はもう一人の門番と顔を見合わせる。

「それはもちろん……こちらでも対処に困るのでありがたい申し出です」

「ですがどうする気ですか？　一応、この村にも幼い子供がいるので、あまり酷いことは……」

処遇と聞いて不安になった様子の門番たち。

俺も元々そんな残酷なことをする気はない。

「何、俺たちと一緒に来てもらうだけだ」

「それはどういう……？」

門番は疑問を口にしてはいるが、その答えはなんとなく分かっている、というような表情を浮かべていた。

その予想通りの答えを言おうしたところで、俺よりも先にシャードが口を開いた。

「私を君たちの仲間にしようというのかな？」

「正確には利用する、だがな。薬草に詳しいというなら役に立ってもらうし、いざとなれば囮にできる」

「ははっ、怖いねぇ」

微塵も怖さを感じていないような軽快な声でシャードは言い放つ。

まるで、俺が絶対にそうしないと分かっているような態度だった。

まぁ、事実その通りなのだが。

「なるほど、そういうことなら……」

そう言って門番は武器を下ろす。後ろにいた老人たちも、構えていた農具を下ろした。

「それじゃあ、俺たちはこれで失礼するよ」

「ああ、ありがとう！　また縁があればどこかで」

縁があれば、か……魔族大陸の住人である彼らと、魔王を倒した後も出会うなんて縁はご遠慮願いたいがね。

そんなことを考えつつ、ヘレナに念話で呼びかける。

【ヘレナ、そっちはもう大丈夫そうだから合流してくれ】

【了】

短い返事があってしばらく、ヘレナがやってくるのが見えた。

合流し準備を整え、さあ村を出ようというその時、さっき助けた魔族の老婆が、何かの小包を抱えてやってくる。

「お礼、と呼べるほど大したものではありませんが、よかったら皆さんで、道中召し上がってください」

小包はずっしりと重く、四角い箱型をしていた。弁当か？

「中身はただのおにぎりですが、小腹が空いたら食べさせてもらうよ。じゃあな」

「ああ、ありがとう。小腹が空いたら食べさせてもらうよ。じゃあな」

それをありがたく受け取ったところで、ようやく村から立ち去る。

門番たちは敬礼し、村人たちは手を振ったり頭を下げたりして見送ってくれる。

多少のアクシデントはあったが、俺たちは誰一人欠けることなく、無事に魔族の村を抜け出すことができたのだった。

皆と一緒に歩き続けることしばらく、村が見えなくなった辺りで、俺は周囲に敵対しそうな気配がないか確認する。

そしてようやくそこで立ち止まり、茂みの方を向いて声をかけた。

「そろそろいいだろ？　出てきてくれ」

「え？」

唐突な俺の言葉に、状況を掴めていなかったのか驚くカイト。

すると俺の言葉に反応して、ずっとこちらの様子を窺っていた奴らが出てきた。

俺よりも背の高い巨躯の男、見るからにチャラい男、茶髪の小柄な少女、魔術師ローブを着こなした魔女みたいな奴、白髪の小柄な少女。

「本当に気付かれていたのだな……」

「ちょっとシャード先生！　なんで勝手に出ていっちゃうのさ⁉」

冷静な巨躯の男とは反対に、高い声で騒ぎ立てる茶髪の少女。

シャードはその少女に「すまん」と一言だけ謝罪の言葉を投げかけると、懐からタバコを取り出して咥えた。反省している様子は見られなかった。

苦労してそうだな、この五人。

他の奴は……チャラい男は俺を睨んでおり、魔術師ローブの女は体を震わせて俯き、白髪の少女はニコニコとしながら俺を見ていた。

どこから突っ込もうかと考えた結果、明らかに好意のようなものを向けてきている白髪の少女に話しかけることにした。

「……なんだ？　俺の顔に今朝の朝食で食べた米粒でも付いてるのか？」

なんて、軽い冗談を言ってみる。認識阻害効果のあるフードをしてるから見えてないとは思うが。

「あ、ジロジロと見てしまってごめんなさい。僕はノクト・ティルトといいます」

警戒心の欠片もなく名乗ったノクト。

ん？　僕？　それに今の声……まさか男？

「性別は男か？」

「はい。こんな見た目なので間違えられやすいですが、僕はちゃんと男の子ですよ」

そう言って微笑みかけてくるノクト。マジか、これで男って……学園で中性的だと人気だったアルニアよりも分かりづらいんだけど。

そこにいる茶髪の少女と変わらない華奢な体格に、まつ毛は長く、笑った顔も女顔負けにかわいい。これが前に結城が言ってた『男の娘（おとこのこ）』ってやつか。

「なんか……女みてーなやつだな！」

俺の横で、メアが遠慮なく言葉にする。

その言葉にノクトは肩を落とし、フィーナは肩を震わせて笑いを堪（こら）えていた。

「ちょ、メア……それ言っちゃいけないってのはあたしでも分かるわよ……」

「カイト君、も髪、綺麗だったけど……本当に女の子、みたいな男の子って、初めて見ま、した」

　リナも感心した様子で言う。

　すると茶髪の少女が前に出てきた。

「そうでしょそうでしょ！　ノクト様は私たちより可愛いんだから～……うっかり惚れて襲おうとしないでよ？」

　ニシシとからかう笑みを浮かべる。

　そして今度は巨躯の大男が前に出てきた。

「自己紹介が遅れた。俺はガーランドという」

　ガーランドという男が名乗ると、他の奴も名乗り始めた。

「私はラピィ！　これでもそれなりにお姉さんなんだから、子供扱いしないでね？」

　茶髪の少女。

「どうも、セレスと言いますぅ。この見た目通り、魔術師ですぅ」

　魔術師ローブの女。

「どーも、俺はアークだ」

　最後に金髪のチャラ男。

　これでガーランドたち全員の自己紹介が終わったようだ。

「これはどうもご丁寧に。俺はアヤトだ」

そう言ってフードを取ると、驚いた顔をされる。何、本当に俺の顔に米粒でも付いてるの？

「……本当に人間だったのか」

ふむ、俺が人間だということは見抜いていたのか。

「なんだ、化け物にでも見えたのか？」

鼻で笑いながら冗談を言うと、ガーランドは慌てて首を振る。

「ああいや、そうじゃないが……それじゃあ、他の者も？」

ガーランドが俺の周りにいる奴らに視線を配り、それに合わせてメアたちがフードを取る。

そこに人間だけなく亜人も混ざっているのを見て、ガーランドは改めて目を丸くしていた。

「まさか俺たち以外にこの大陸へ来ている奴がいたなんてな……もしかして、そちらも魔王討伐に？」

「その質問に答える前に聞いていいか？　さっき『本当に』と言ったが、誰かから俺たちの正体を聞いたのか？」

ガーランドの質問に答える前に、確認しておきたかった。

「それは……」

　ガーランドがノクトに視線を向ける。こいつが？

　その視線に応えるように、ノクトは微笑んで口を開く。

「はい、僕には皆さんの正体が見えるんです」

「スキルの効果か？」

　そう聞くと、ノクトは首を横に振る。

「僕はこの世界に来て間もないので、スキルというのは多分まだ持っていません。この力は、元から持っていたものなんですよ」

『この世界』？　それって……？

　そんなノクトの発言に戸惑うガーランドたち。

「お、おい、ノクト……!?」

「大丈夫ですよ、彼らは。特にこのアヤトさんという人は信じてもいいと思います……ね、小鳥遊綾人さん？」

## 第10話　勇者を経験した勇者

　ノクトの言葉を聞いた俺は……いや、俺だけじゃない。俺の事情を知っている全員が、驚いて目を見開いていた。

たしかにこいつは今、俺がここで名乗っていないはずの本名を口にした。つまり、俺の過去を知っているということか……？

「まさかお前も……？」

「はい、この世界に召喚されたんです」

聞きたいことと微妙にズレた回答をされた気がするが、俺と同じ境遇ということは分かった。

ノクトの発言にガーランドは頭を抱え、ラピィが「あちゃー……」と苦笑いしていた。

やっぱ普通に考えて、そんな軽々しくバラしていい情報ではないよな。

しかし次の瞬間には、何かに気付いたのかガーランドの表情が変わり、目を丸くして俺を見てきた。

「いや、ちょっと待ってくれ！『も』というのは、まさか貴殿も……？」

ガーランドの言葉に、俺はバラしても問題ないと考えてから頷く。

「そうか、他の国も同じことを考えて……」

「ちょっと待て」

ガーランドが変な勘違いをしそうになっていたので、その前に止める。

「俺は別に、国に召喚された勇者じゃない。というかそもそも勇者じゃない」

「何？　それでは一体……？」

　ガーランドは不思議そうにしているが、『神様に召喚された』というのは、さすがに言わない方がいいだろう。

　ミーナやカイトたちのように、これから長い付き合いになるであろう相手ならまだしも、出会ったばかりのすぐに縁が切れそうな奴らに言う必要はない。

　まぁ、ノクトはもしかしたら、というのがあるが。

　どう説明するかと思っていると、ノクトが声を上げた。

「ということは……転生、とかですか？」

「いや、死んで生まれ変わったわけでもない。感覚としては、いつの間にか荒野のど真ん中に立たされてた感じだ。っていうか、ノクトって結構その辺り詳しい方か？」

　遠回しに『オタクなのか？』と聞いてみたのだが、ノクトは申し訳なさそうに苦笑いをする。

「僕が、っていうか、僕の身内がそうだったので、僕も自然と……それに、ここまで来るまでの経緯にも色々ありまして……」

「……そうか。とりあえず、元の世界が同じ好みで仲良くしようぜ……って一応聞くけど、地球出身だよな？」

　これで俺の世界とは別の世界から来たなんて言われたら、今の言葉が相当恥ずかしくなってしまう。

「はい、正真正銘地球出身ですよ！　仲良くしましょう、小鳥遊さん！」

「いや、そこは普通にアヤトで呼んでくれよ」

この世界に来てまで名字呼びされるのも、なんか妙な気分だしな……などと考えていると、なぜだかノクトがもじもじしていた。

「アヤト、さん……変だな、異世界で名前呼びなんて慣れたと思ってたのに、下の名前を呼ぶって恥ずかしいですね」

そう言って赤くした頬を掻きながら、本当に恥ずかしそうにするノクト。乙女か！

その仕草に周りの奴のほとんどがキュンとした表情をした。

「キャー、やっぱりノクト様って可愛いー！」

ラピィがノクトに抱き付き、ノクトの頬に自分の頬をぐりぐりと擦り付ける。

「あれで同じ男だってんだから、未だに信じられねえ」

アークが乾いた笑いを上げながら言う。

すると体を震わせたメアが俺の裾を引っ張ってきた。

「な、なぁ、どうしよう、アヤト……俺、女としての自信がなくなりそうなんだけど……」

「え……女としての自覚あったの？」

俺の返答にメアは目を丸くして固まってしまう。

少し意地悪な返しだったかな？　とはいえ、ガサツで男勝りな生活態度をしてるこいつは、そう言われてもしょうがないと思うんだがな。

その後、名乗るタイミングを逃していたカイトたちが各々名乗っていく。

そしてガーランドの言っていた『魔王討伐』という大目的が一致した俺たちは、行動を共にすることになった。一応、魔王に囚われているペルディアを助けに行くとは話したが、正体については黙っておくことにした。

道中、親睦を深めるためにお互いのことを話していたところで、ガーランドがSSランクの冒険者であることが判明した。

「や、やっぱり……名前聞いて、そうかと思ったんです……わ、たし、SSランクの冒険者を、見るのは初めて、です！　凄くドキドキ、しちゃってます……！」

「ははは……と言っても、今は王の傍にいて冒険者稼業は休止中だがな」

興奮してるリナにガーランドは気さくに返す。

こいつもミランダと同じSSランクだったのか。あいつみたいに慢心して斬りかかってくるような、頭のおかしい奴じゃなくて助かったよ。

「それで貴殿らは、どのランクなんだ？　アヤト殿などはともかく、カイト君やリナ君はずいぶんと幼く見えるが……この魔族大陸に来るほどの実力ということは、CランクかB

ランクくらいか？」

「いえ、まだ冒険者じゃなくて、ただの学園生です」

「……は？」

カイトが当たり前のようにそう言うと、ガーランドが……いや、ガーランド一行全員が唖然とした。

「ああでも、師匠の弟子っていうことなら『ただの』じゃないのか？」

「でも、カイト君……？　私たちは、まだ弟子になって、日が浅いから……特別とも、言えない、よ？」

「あ、そっか」

カイトとリナが何でもないように会話をする中、誰かが俺の裾を引っ張ってきた。

ミーナかと思って視線を下ろすと、そこにいたのはラピィだった。

「ねぇ、あの子たちって本当に……？」

「コノハ学園の中等部一年だな」

「大丈夫なの、それって？」

『そんな実力で魔族大陸に連れてきていいのか』という話か、あるいは『そんな幼い子供を～』という話か。まあどちらにしろ、一般的な答えは『よろしくはない』になるんだろうが、そんなの知らん。

「どうせ冒険者になりたいってんだから、いいだろ別に。経験だ、経験。冒険者になる前から魔王を倒す経験なんてそうそうないぞ？　それに俺がついてるから問題ない」

「いやいやいや、そうそうっていうか、魔王を倒すなんてまずありえないから。新人冒険者だって、ゴブリンとかスライムの討伐から始めるのに……それに『俺がついてるから』ってことは、もしかしてそれだけ腕に自信があるの？」

いつもならその手の問いかけには謙遜（けんそん）するのだが、ここで実力がないと言うと帰れと言われそうなので頷いておく。

「へー……じゃあ、冒険者プレート見せて！」

子供のような純粋な笑顔で、両手を差し出してきた。

あまり見られたくないものだが、しょうがないと割り切って冒険者プレートをラピィに渡す。

「あれ？　カードが銀色ってことはAランク以下ね……って、Cランク⁉」

「なんで⁉」と付け加えて俺の顔を見てくるラピィ。

あれ、俺ってたしかEランクじゃ……ああ、そういえば前に魔竜討伐の依頼を達成した時、一気にランクが二つ上がったんだっけ？

それにしてもこいつ……『腕に自信があるって言っといてこの程度なの？』と言わんばかりの顔を向けてきている。女の子がそんな顔しちゃいけません。

するとと今度は呆れた様子で大きくため息を吐いた。

「よくいるんだよね〜、力には自信があるからって、自分が強いと勘違いする人」

その言葉に、俺はすかさず切り返す。

「あー、いるいる。逆にSSランクになった奴の中にも、自分は強いと信じて疑わないで、すぐに斬りかかってくる奴もな」

「……はぁ？」

何を言ってるんだお前は？　というラピィの心の声が聞こえてきそうだ。

だから女の子がそういう顔しちゃいけないんだって。あと女に『はぁ？』って言われると結構心にクるものがあるんだが……

「なぁ、一ついいか？」

俺たちの会話にアークが割り込んできた。するとラピィがさらに不機嫌になる。

「何よ？　アヤト君の連れが可愛いからって口説いていいか、なんて言わないわよね？」

「違っ……くはないから、それは追い追い相談させてもらうとして……」

ラピィの言葉にアークの目が泳ぐ。

追い追いそんな相談させられるのか。口説くのは勝手だが、強硬手段を取ろうもんなら覚悟しとけ、くらいは言っておくか。

「いや、そういう話じゃなくてだな？　このアヤトっての、前にお前らが話題に出してた奴じゃないか？」

「前に話題にした人？　うーん……なんだったっけ？」

「ミランダさんに汚い手を使って決闘に勝ったって奴だよ」

　アークがそう言うと、ラピィは「あっ！」と思い出したように声を上げる。

「そういえば、あの人と戦った八百長君の名前ってたしか⁉」

「誰が八百長だ、ド畜生めが」

　ラピィが勢いよく振り返ってきたので素早くツッコむ。たしかにあの時、観客席からはブーイングが多かったけど、八百長ってことで噂が広がってんのかよ……

「ああ、やっぱり君だったんだ。でもそりゃあねぇ……？　新人冒険者があのSS冒険者のミランダさんに喧嘩を売った上に勝っちゃうなんて、普通信じられないよ？」

「そんなんだからダメなんだよ、お前らは」

　俺にそう返されて「え？」と言葉を漏らすラピィを無視して、ミランダと同じSSランクであるガーランドに視線を向ける。

「冒険者ランクってのは結局、『冒険者になってからどれだけ強い魔物を倒したか』でしかない。仮に冒険者になる前に超級や伝説級をいくら倒してようと、Eランクからスタート……そのことに思い至らずに、俺のことをランクが低いと侮ってかかってきたミランダは負けたんだよ」

って言っても、ランクを一番低いところから始めてさせてくれと言ったのは俺だし、ミランダが本気で襲いかかってきたとしても、負ける気はこれっぽっちもしないんだけどな。

　しかしラピィは頬をプクリと膨らませて、納得していない様子だった。

「理屈はそうだけどさー？　でもやっぱ信じられなくない？」

「まぁ、いきなり信じろとは言わないけど、ここで腕試しをして目立つわけにもいかないしな……機会があったら見せるってことで、とりあえず今は先に進もうぜ」

　魔族の大陸、つまり敵地のど真ん中で立ち話なんてしていたら、すぐに見つかってしまう。その前に移動しようという俺なりの意思表示だったのだが……

「だったらまずは俺と手合わせしようぜ？」

　アークが唐突にそんなことを言ってきた。

「何言ってんだ、人の話聞いてたか？　実力を見せるだけなら、後で魔物と遭遇した時でもいいだろ」

「違うんだよ、お前に実力があるかどうかの話はどうでもいい」

「……ああ？」

　何を言ってるんだと思った矢先、アークは剣を抜いて俺に向けてきた。

「お前がミランダさんに勝ったのが八百長だったのかどうかは問題じゃねえ。一番の問題は、お前があの人を傷付けたということだ」

「……」

アークの発言に、その場がシンッと静まり返る。

ガーランドやラピィに至っては、頭を抱えていた。

さすがに俺もこいつが何を言ってるか理解できないんだが……いや、そういやミランダって結構人気だったよな？

ということは、こいつもミランダを崇拝してて、俺を目の敵にしてるとかか？

「傷付けたって言われても困る。だいたい、喧嘩売ってきたのは向こうだし、あれは王様を前にした正式な試合だ。ルール内で勝敗を決めたんだから、部外者からどうこう言われる筋合いはないぞ」

「勝った負けたの話じゃねえんだよ！　噂じゃ、お前にやられたミランダさんは酷い傷を負って治療する羽目になったたって聞いたぞ……なんで女にそんなことできんだよ!?」

アークは興奮したまま、苛立ちを込めて大声で叫ぶ。

このままだと魔族や魔物が寄ってきそうだから、少しは抑えてほしいんだがなぁ……

「おい、アーク！　あまり大声を――」

「隊長は口を出さないでください！」

止めようとしたガーランドの言葉を遮るアーク。

どうやら頭に血が上り過ぎて、冷静な判断ができなくなっているようだ。

仕方がないので、相手をしてやることにする。

「『なんで』か……逆に聞くが、なんで相手が女だからといって、手心を加えないといけないんだ？」

「な……に……⁉」

俺の返答の内容が相当意外だったのか、アークは目を丸くして驚いた。

「たしかに元はと言えば、俺が挑発したのが原因かもしれない。だけど、だからと言ってSSランク様が格下のEランクに致命傷を負わせるような一撃をいきなり放つのはどうかと思うし、それに——」

ミランダと最初に出会った時のことを思い出し、少し苛立って威圧してしまう。

「男だろうと女だろうと戦場に立てば戦士であり、俺の前に立ちはだかるなら敵だ」

「「っ⁉」」

アークに向けた威圧をガーランドたちも感じ取り、体を震わせていた。

向けられた当人であるアークは腰を抜かし、そのまま戦意喪失する。

「な……何が貴殿をそこまで……？」

ガーランドが悲しそうな表情を俺に向ける。

「なんだ、二十年も生きてないガキがこうなるのがおかしいとでも言いたいのか？」

「い、いや、そういうわけでは……」

厳しい視線を向けられて戸惑うガーランド。

おいおい、本当にそれでSSランクの冒険者なのかよ？ こいつといい、ミランダといい……

なんだか興が醒めてしまい、大きくため息を吐く。

「……もういいか？ アークも気が済んだなら行くぞ。いつまでもここで道草食ってたら、フィーナの大好きで大好きで仕方のないペルディア様がどうにかなっちまうからな」

メアたちと一緒に事の成り行きを見守っていたフィーナの方を向いてそう言うと、顔を真っ赤にして俺の膝の後ろをローキックしてきた。

ダメージ自体はないが、膝カックンされそうになる。

「おぉう、そうきたか……」

「ちっ、耐えたか。そのまま倒れて頭ぶつけて死ねばよかったのに……」

膝カックンで頭部損傷して死亡……斬新だな。

フィーナは吐き捨てるように言った後、メアたちの方へと戻っていった。

一連の流れを見ていたガーランドは、不思議そうにフィーナを眺める。悔しそうに俺を睨むアークはスルーしていいだろう。

「どうした？」

「いや、あの魔族と仲がいいのだなと思ってな」

ガーランドの呟きに「まあな」と返しつつ、再び歩き始める。

「貴殿らは魔族を敵視しないのか？」

「魔族だから敵、みたいな偏見はないな。むしろさっき言ったように、男女の差もあまり気にしない。お前らは？」

聞き返すとガーランドは微妙な表情をする。

「どうだろうな……今まで魔族と話す機会などなかったからな」

『どうだろう』、ね。今まさに魔族を見ていてもそんな答えが言えるってことは、フィーナに対して嫌悪感は抱いていないのだろう。

他の奴らを見ていても、敵視するような様子は窺えない。むしろ俺とフィーナが話し始めた辺りから、アークが嫉妬の眼差しを向けてきていた。

「あまり鬱陶しいと、その目玉潰すぞ」

俺はアークに向けてそう言い、人差し指と中指を立てて見せる。

「ちくしょう……なんでこんな女に優しくない奴がモテてるんだよ……」

「お前らと会ってから、そんなモテてる要素あったか？」

「うるせー！　そんだけ周りに女がいる時点で羨ましいって話だよ！」

あまりにも明け透けな言葉に、思わずガーランドの方を向くと、肩を竦めて苦笑いされた。

「すまん、アークは女好きでな。種族問わず手を出す奴なんだ。結果は今のところ惨敗だが」

「違うぞ、隊長！　もっと俺に出会いと運があれば……せめて相手にパートナーがいなければっ！」

突然アークがその場に崩れ、地面を叩いて悔しさを表現する。だがその間にも、俺たちは止まらずに進む。

偏見がないのはいいことだが、うちの仲間に節操なく言い寄るような真似はしてほしくないな。

そんな感じでギャーギャーと騒ぎながら先に進んでいると、茂みの中から突如、一体の魔物が現れた。

# 第11話　エンカウント

現れたのは、頭が二つある巨大な蛇。

二メートル近い身長のあるガーランドでさえも丸呑みできそうなほどの大きさだ。

その頭部は、片方が毒々しい紫、もう片方は白寄りのピンク色をしていた。

いかにも毒タイプって感じだな……

「あれは蛇双(じゃそう)……！」

ガーランドが身構えながらそう呟く。

その魔物を初めて見た俺は、思わず『知ってるのか!?』と言いそうになるが、そんないかにもモブっぽい発言をしたくなかったので、誰かが聞くのを待つことにした。

「知ってるんですか？」

ほら、カイトが聞いてくれた。

「ああ、Bランクの依頼にある上級の魔物だ。あの二つの頭はそれぞれ別の特性を持っていて、紫色の頭からは毒液、薄ピンクの頭からは酸(さん)が吐き出される。それと、蛇の本体部分もかなりの怪力(かいりき)だから、尻尾の薙ぎ払いをまともに喰(く)らえば命を落とすこともありえるな」

ガーランドの解説に、カイトとリナが「ひぇ……」と小さく悲鳴を上げる。

その一方で、メアはワクワクした様子だった。

「おぉ、あれが魔物か！　でっけーな！」

興奮した様子で騒ぐメア。あれ、もしかしてこいつ……魔物を見たことがない？

なんてことを考えてる間に、蛇双が襲いかかってきた。

蛇特有の動き方で、それなりの速さで迫(せま)ってくる……かと思いきや、蛇双の頭が急激に伸びて、紫の方はガーランドに、薄ピンクの方は俺に襲いかかってきた。

「っ！ ……ハァッ！」

その頭を剣で防ぎ弾くガーランド。ゴツい見た目通り、パワータイプの戦い方だな。

そう思いながら、こちらに向かって大口を開けた蛇の頭を、顎下から蹴り上げる。

「────ッ⁉」

薄ピンク色の頭は悲鳴のような高音を発しながら、大きく仰け反った。

そして勢いがあり過ぎたのか、もう片方の頭も引っ張られるようにして仰け反り、蛇双はそのままひっくり返ってしまった。

「あら、やり過ぎたか？」

「なん、だ……今の威力は……⁉」

ガーランドが驚きの声を上げ、ラピィたちも口を開けて唖然とする。

だが俺はそいつらのことなど気にせず、カイトの方を向く。

「それじゃあ、まずはこいつを相手にしてみるか」

「本気で言っているのか⁉」

そう叫んだのはカイトたちの誰でもなく、ガーランドだった。

「奴は上級だぞ⁉ ベテラン冒険者でも苦労するというのに……！」

「だったら尚更、経験を積ませるために戦わせるべきだろ。こいつらの師匠である俺に加えてSSランク冒険者のお前に、勇者であるノクトまでいる。もっと言えば、俺は回復魔術を使える……これだけの保険があるんだから、やらせてもいいだろ？」

俺がそう言っても「うーむ……」と唸って納得してくれないガーランド。

「……まぁ、お前が納得しようとしまいと、こいつらに戦わせるがな。それが今回連れて来た目的だし」

言いながら、カイトたちから預かっていた武器を魔空間から取り出して渡していく。

その光景に、ラピィが不思議そうに声を上げた。

「あれ、その武器どこから出したの？」

「そこら辺に落ちてた」

「マジで⁉」

分かりやすかったはずの俺の嘘を信じて、周囲をキョロキョロと見渡すラピィ。

しかしそんなチョロいラピィとは違い、セレスは俺が何をしたのか理解していたようだった。

「まさかそれ……空間魔術というやつですかぁっ⁉」

ゆったりした喋り方はそのままで、グイッと一気に詰め寄ってくる。

「ああ、そうだけど……知ってたのか？」

しかし俺とセレスが雑談を始めようとしたタイミングで、蛇双が起き上がる。

それを見たカイトたちは武器を構え、ノクトとラピィも参戦の構えを見せる。アークはガーランドと一緒に後方で待機という形となった。

うん、これならセレスと雑談する余裕はありそうだな。目を向けると、セレスは口を開いた。

「知ってるというほどでは……数年前の学会で、ルビアさんという魔術師が、魔術で空間を操るという、画期的な理論の発表をしたんですぅ。ですが研究者たちに『そんな馬鹿な』と一蹴されてしまい、その理論が認められることはなかったのですぅ。それでも彼女は諦めず、発表を元に魔道具を作り上げ、その魔術の有用性を証明したんですよぉ」

「それが空間魔術だと？」

あー、船に乗った時にノワールと学園長が二人で話していた、ヒント云々ってのはこれのことか。おそらく学園長は、大戦の時にノワールが使っていた空間魔術を見て、コピーできないか考えたんだろう。

俺の言葉に、セレスは嬉しそうに頷く。

「そうですぅ。六つの属性を合わせることにより、空間へ直接干渉し歪ませる……当時あまりにも斬新すぎた考え方は、『理論が滅茶苦茶だ』『やはり子供の浅知恵か』と非難を浴びることになってしまったのですぅ……」

「学園長も苦労してたんだな」

聞いてみたはいいものの、学園長の苦労話にはさして興味もなかったので、適当な言葉で流しておく。

会話が途切(とぎ)れたところでカイトたちの様子を見ると、かなり善戦しているようだった。

「やべっ、喉膨らんでる……ゲロ来るぞ！」

品の欠片もない言葉で注意を促すメア。

その言葉通り、二つの頭から同時に液体が吐き出される。一つはミーナの方へ、もう一つはカイトの方へと飛んでいった。

「うわっとっ⁉」

ミーナはその身軽さで易々(やすやす)と躱(かわ)したが、カイトは慌てるあまり転んでしまっていた。

ふむ、やっぱりある程度はアドバイスも必要かな。

「カイト、周囲を見ながら冷静に対処しろ！　リナも後ろから弓を撃ってるだけでいいと思わず、もしものことを考えて用心しろよ！」

「「はい！」」

アドバイスを受けた二人から、威勢(いせい)のいい答えが返ってくる。

「……フッ！」

フィーナはといえば、魔術師にもかかわらず、修業の時と同様に近接戦を仕掛けていた。

手の平に魔術を構成しつつ、振り払われた尻尾を避けて胴体に近付くと、そのまま掌底(しょうてい)

を当てた。

その瞬間、フィーナの手の平に触れた箇所から凍り始める。

おそらくだが、魔術を身体の一部に宿し、触れる事で発動する技なのだろう。

以前、ミーナが風魔法で身体能力を強化したり、メアが炎魔法で剣に炎をエンチャントしたりしていたが、それに近いかもしれないな。

あのフィーナの技なら、魔法でも魔術でも使えそうだし、かなり応用が利きそうだ。

などと考えていると、セレスがキラキラとした目をメガネ越しに俺に向けてきていた。

「あの、先程ルビアさんのことを『学園長』と？」

「ああ、言ったぞ。俺とかカイトが通ってる学園の学園長なんだが……知らなかったのか？」

そう聞き返すと、セレスは小さく頷く。

「彼女の噂はあまり聞かなかったものですからぁ。最後に聞いた話だと……ルビアさんが空間魔術に関する魔道具を作り上げ、それで王様から多大の報奨金をいただいたとかぁ。それからすぐ、彼女が冒険者を引退したと聞きましたぁ。まさか教師になっているとは驚きですぅ」

懐かしそうに目を細めつつ、そう語るセレス。

すると、彼女の横でノワールがクフフと嬉しそうに笑う。

「あの女が理論を発表した時の、それを理解できない愚か者たちの顔が目に浮かぶようですね」

ノワールは明らかに馬鹿にしたように言う。

こいつ、学園長が理論を発表したら本人含めて周囲が大混乱することを見越した上で、学園長にヒントを与えたな？

「まったく、それを分かって教えるとか……いい性格をしてるね、お前は」

「クフフ、お褒めにあずかり光栄です」

いい笑顔を俺に向けてくるノワール。いや、褒めてないからね？

そんなやり取りをしていると、横では何やらセレスが青い顔になって、小刻みに震えていた。どうやらノワールを怖がってるみたいだが……

もしかして、実は学園長が『災厄の悪魔からヒントを得た』と発表していて、今の俺たちの会話からノワールが災厄の悪魔だと気付いてしまったか？

……まぁ、無駄に騒ぎ立てなければなんでもいいけど。

そのまま視線をカイトたちに戻すと、面白いことになっていた。

「うおぉぉぉっ!?」

男の子の叫び声が近くから聞こえる。赤く長い髪をなびかせながら走り回っているカイト君の声だ。

僕、ノクト・ティルトはこの異世界に召喚され、勇者として魔王討伐に駆り出されていた。

僕を召喚した国の王様は少し乱暴な人だった。

召喚されて気絶していた僕の目が覚めるや否や、今すぐガーランドさんたちを連れて魔王を討伐してこいと命令してきたのだ。

そんなことをいきなり言われれば、普通なら戸惑うし、怒るところだろう。

しかし僕は既に一度、『勇者』を経験している。

この世界に召喚される直前まで、ここと別の異世界で勇者をしていたのだ。

そっちの世界に召喚された時は困惑したし、理不尽なことを言われて怒りもした。

それでも使命を受け入れて、色んなトラブルや出会いと別れを経験し、そしてついに目的である魔王や魔神の討伐に成功した。

だからその世界は平和になった——はずだった。

だが少なくとも、僕に平穏（へいおん）は訪れなかった。

魔王とか魔神よりもタチの悪い、人間の深い闇の部分を知ることになったのだ。

そんな異世界生活に嫌気が差してきた頃に、新しい勇者としてこの世界に召喚され、そして今は魔族の大陸へ来ている。

そこで僕と同じ、ここは違う世界から来た彼、小鳥遊綾人さんと出会った、というわけだ。

初めて彼のことを視た時、僕はかなり驚いた。

その驚きは、僕だけが視ることができる、とある情報が原因だった。

それは『ステータス』。

そのワードを唱えることで対象の情報を確認することができるという、前の異世界で得た能力だ。

僕は試しに、蛇双を相手に走り回っているカイト君に視線を合わせて「ステータス」と呟く。

すると僕の目の前に、いくつもの項目が並んだ、半透明のホログラムが現れた。

**名前　カイト**
**年齢　13**
**性別　男**
**種族　人間**

**害意　23**
**勝率　100%**

書かれているのは彼の情報。

『名前』や『年齢』、それから『性別』『種族』といった見た目で分かる情報も記載されている。

特徴的なのは、『害意』と『勝率』の欄だろう。

『害意』というのは、相手が今どれだけ僕を敵視、警戒してるかを数値化したものだ。最大で100まであり、23というのは……まあ、知り合ったばかりの相手くらいか。ちょっと警戒しておくかな？

『勝率』というのは、文字通りに僕がその人に勝てる確率だ。僕から見て、相手がどれくらいの強さなのかの指標になる。

現在見えている数字は100パーセント、つまりカイト君が僕に勝てる確率は0、絶対に勝てないということだ。

見た目は華奢な僕が、剣を悠々と振り回すほどの力があるカイト君に勝つなんてありえないと、誰もが思うことだろう。

だけど、僕は一度目の勇者をしていた時の力を引き継いでいる。

この『ステータス』機能は少し簡易的になってしまったが、それでもまだ使えている。

それから、向こうの世界では、筋力や素早さなどの身体能力がゲームのように数値化されていたのだが、強化した能力はこの世界でも引き継いでいるようだった。

つまり――

「リナ、あぶねぇ⁉」

唐突に、メアさんが叫ぶ。

その視線の先ではリナさんが、振り払われた蛇双の尻尾に今にも当たりそうになっていた。

助けに入って間に合う範囲には誰もおらず、このままではリナさんに尻尾が直撃する……普通に考えるならば。

僕は一瞬で十メートルほどの距離を詰め、蛇双の巨大な尻尾を正面から受け止めた。少し後方に押されたが、すぐに踏みとどまる。

「っ……えい！」

そして気合を入れて押し返した。

この気合を入れる時のかけ声は、前の世界での仲間たちからは『可愛い～！』なんて馬鹿にされてしまっていたが……

「可愛い～！」

「ですねぇ～」

ラピィさんとセレスさんがほっこりとした雰囲気で口にする。こっちでも言われてしまった……

と、ともかく！

尻尾を押し返した僕は、蛇双の腹部に目がけて蹴りを入れた。

「えい！」

再びのかけ声に、おそらくまた「かわいい」と言おうとしていたのであろうラピィさんだったが、直後、その表情が固まる。

「おぉ～……」

一方で、アヤトさんは感心したような声を出していた。

彼らの視線の先にあるのは、高く宙を舞う蛇双の姿だ。

僕の蹴り一発で、あの巨体があんなに高く吹っ飛ばされている。

そう、僕は前の世界の能力を引き継いだ結果、とんでもないパワーを出せるようになっていた。

この能力引き継ぎのおかげで、対カイト君の勝率が１００パーセントになっているんだと思う。

そしてこの力は、かなり便利ではあるが、おそらく人から嫌悪される力でもあるとも思っている。

だって、こんな子供みたいな見た目をしてるのに、大人の何十倍の力を出せるなんて……気味悪がられてしまうだろう。

皆の反応が怖くて俯いていると、気の抜けそうなのんびりとした声が聞こえてきた。

「ノクトー、頭上危ないぞー？」

「え？」

その声の主はアヤトさんだった。

何のことか分からず間抜（まぬ）けな声を出した次の瞬間、僕の周囲だけが不意に暗くなる。

そしてそれは、僕が頭上を見上げた直後に降ってきた。

「あいたいっ⁉」

僕めがけて降ってきたのは、蛇双の頭の部分だった。

あまりの重さに、僕の体はその場でズンッと地面に沈んでしまう。

痛いと口にはしたけど、能力が上がっているおかげで実は痛くはない。反射的に言ってしまったというやつだ。

だけど肩まで埋まったせいで、腕すら動かすことができない。

しかも気絶しているのか、蛇双は動く気配がなかった。

「おいこら、いくらノクトが可愛いからって発情するなよ」

力任せに抜けられるかな……と考えていると、アヤトさんがやってきてそう言いながら、蛇双をヒョイと放り投げてどかしてくれる。

そしてそのままアヤトさんは、僕の両肩を掴んで作物みたいに引っこ抜いた。

「あ、ありがとうございます……」

さらっととんでもない力で僕を引きぬいたアヤトさんにお礼を言いながら、僕は小さく『ステータス』と呟く。

出てきたホログラムに表示されていたのは……

**名前　小鳥遊（たかなし）　綾人（あやと）**
**年齢　18**
**性別　男**
**種族　異世界の人間**
**害意　5**
**勝率　／&#?SS!☆……**

という、初めて見た時となんら変わりない文字たちだった。

一番初めにアヤトさんたちを発見した時、僕は全員のステータスを確認していた。

だからこそ、ガーランドさんたちには『絶対に勝てない』と伝えたのだ。

『異世界の人間』という表記から、僕と同様に違う世界から来たことは分かった。

だけど、何より目を引いたのが『害意』と『勝率』だった。

『害意』の数字については、経験上、どんな聖職者(せいしょくしゃ)でも10以下になるなんてありえなかった。それなのに、アヤトさんの数字は5。こんな人見たことないし、存在を認知している、という程度なんじゃないかな。

そして『勝率』……もはや数字じゃなくなってる。

これも初めてのことだった。数字が0じゃないってことは、勝てる可能性もあるかもしれない……とはいえ、こういう得体の知れない場合は手を出さないのが吉だろう。そもそも、害意がほとんどないってことは、こっちからわざわざ手を出す必要もないもんね。

すると、僕を持ち上げているアヤトさんがニッと笑う。

「なんというか……手のかかる子供みたいだな」

その言葉に、僕は少し悲しくなってしまった。

女の子に見られるのも嫌だけど、子供……子供か……

どちらにしろ、『男』に見られていないことに、僕は頬を膨らませて——

「もう！　子供扱いしないでよ、兄さんったら！」

痛恨(つうこん)のミスを犯してしまった。

# 第12話　露天風呂（ろてんぶろ）

「もう！　子供扱いしないでよ、兄さんったら！」

目の前でノクトが俺のことを『兄さん』と呼んだ。

あれ、俺のことだよね？　話の流れ的に俺のことだよね？

確認の意味を込めてノクトを見つめ続けていると、ノクトは自分が何を言ったかに気付き、頬を赤くする。

「あ……あぁ……」

そしてその赤さは徐々に広がってき――

「ご……ごめんなさいぃぃいっ⁉」

ついにゆでだこのように顔中真っ赤になってしまったノクトは、俺が放り投げた蛇双のところへと、凄まじい速度で走っていってしまった。

「……なんだ、あの可愛い生物は」

残された俺は、思わずそんなことを呟いてしまうのだった。

それから蛇双は、ノクトの八つ当たり気味の一撃であっさりと絶命した。

敵もいなくなったところで、俺たちはまた歩き出す。

恥ずかしがっているノクトをメアやフィーナがからかったり、再び出てきた魔物の相手をカイトたちにさせたりと、順調に進んでいく俺たち。

そんな道中、ふと気付いた。

「なぁ、フィーナ……俺たちってなんとなくで歩いちゃってるけど、方角は合ってるのか？」

フィーナがキョトンとした顔で俺を見る。

「あんた……そんな適当に歩いてたの？　ちゃんと合ってるわよ」

呆れた様子のフィーナの口からため息が零れる。

「そうか。なんか誰も何も言わなかったから気にしなかったわ……ここから魔城まではどのくらいなんだ？」

「そうね……人間の大陸に近い海岸から来たから、歩いて七日ってところかしら？」

歩いて七日か……

「馬車とかはないのか？」

「ないわね。一応、似たようなものはあるけど……これだけの人数を乗せられるのを調達するのは難しいわ。奪うって選択肢もなし」

いや、そもそも奪うって考えが出てこなかったのだが。

「でも奪うのはなしって、なんでだ？　たしかに迷惑はかかるだろうが今は緊急事態だし、少し借りても……」

「その馬車に似ている乗り物を引っ張っているのは、馬じゃなく魔物だからよ」

馬じゃなく魔物を？　つまり魔物を使役してるってことか？

「魔物を飼い慣らすってのは、普通無理なことなのよ。メアたちみたいに召喚した魔物が懐いてるとかなら話は別だけど……他に方法があるとすれば、『モンスターテイム』ってスキルを持っていることくらいかしら？」

『モンスターテイム』……テイムっていうワードは、結城に借りたゲームでたまに名前を見たことがあるな。その大体が、モンスターなんかの敵を仲間にする能力だった気がする。

だとしたら、魔物を従わせるのがそのスキルの能力なのだろう。

「そのスキルって、どんな魔物相手でも無条件で従えさせることができるのか？」

「そんなわけないでしょ。もしそんなに性能が高かったら、竜とかの神話級を服従させることができるわけだし、スキル持ちは相当重宝されて有名人になってるわよ。テイムできるのは、知性のない魔物、かつそいつを瀕死に追い込んでいれば成功するわ」

サラサラと説明してくれるフィーナ。その横ではヘレナがわざとらしくポッと擬音を口にしながら頬を赤くし、両手を頬に当てる。

「訳。つまりある意味では、アヤトが既にヘレナをテイムしているということですね？」

「んだとアヤトてめえ羨ましいっ！」

ポッと頬を赤くしたヘレナとアークのふざけた言動に、フィーナの額に青い筋が浮かぶ。

「あんたらうっさい！」

キレて声を上げたフィーナは大きくため息を吐き、一旦落ち着く。

「とにかく、奪ったところで魔物が従わない以上、使い物にならないってこと。かといって馬を飼育してる街や村なんてそうそうないし……」

「道中で出てこないか？　ほら、『草むら歩いてたら、野生の馬が飛び出してきた！』とか」

フィーナは『あんた、バカじゃないの？』みたいな顔で俺を見てくる。やめろ、その顔で無言の圧力をかけてくるのは――

「あんた、バカじゃないの？」

「すまん、謝るから。だから俺の予想通りの罵倒(ばとう)をしないでくれ」

挙句、実際に言われてしまった。無言の圧力の方が怖いと思っていたが、言われたら言われたで凹(へこ)んでしまう。ちょっとふざけただけなのに。

「うっさい、バーカバーカ！」

……おっと、少ない語彙(ごい)で罵倒をしてくるフィーナの子供っぽい姿を見てると、逆に回復してきた気がするぞ。

ムチの後に飴とは……フィーナは調教師でも目指しているのだろうか。

「とりあえず、今日はもういい時間だ。ここら辺で野宿しよう」

俺とフィーナのやり取りに苦笑しながらガーランドがそう提案すると、ラピイやアークも「「さんせーい！」」と声を揃える。

「ああ、じゃあうち来るか？」

「うち？」


「ふおぉぉぉっ⁉」

魔空間へガーランドたちを招待した数秒後、内部の光景を見たラピィが奇声を発して興奮状態となっていた。

「ふおぉぉぉです？」

「ふおぉぉぉなの？」

すると、魔空間で待機していたウルとルウが、ラピィのはしゃぎようを見て真似をする。

「うわっ！　何、この子たち⁉　っていうか、ここどこ⁉」

ラピィは落ち着きなく両手を軽く前に突き出して、あっち行ったりこっち行ったりとしている。

その姿が余程面白いのか、ウルとルウも真似してうろちょろする。

そんな三人がツボにハマったのか、珍しくノワールが笑いを堪えていた。

「よく、お似合い、ですよ……ラピィ様」

本人には聞こえない程度に小声で呟くノワール。

しかしその横では、アークがラピィを指差して、隠しもせずに大爆笑していた。

「アッハッハッハッハ！　なんだよ、それ⁉　婆さんじゃねえか、婆さん！　ラピィ婆さんだ！」

子供みたいなことを言いながら、中々笑いがやまないアーク。

そのアークの顔スレスレを、ラピィの放ったナイフが掠(かす)めていった。

「ごめんごめん、手が滑っちゃった。なんせ、お婆ちゃんだから目が見えなくてねぇ……」

ラピィは額に青筋を浮かべながらもう数本のナイフを手に、アークの方へ近付いていく。

アークがラピィに追い回されて「おいバカやめろ～！」なんて叫んでいるのを尻目に、俺はガーランドのところに行く。

「どうだ、落ち着いたか？」

「あ、ああ。いや、俺は未だに混乱してるよ……ここは一体なんなんだ？」

ガーランドはそう言いつつ、ふらついているシャードに目をやる。シャードはこの空間の不思議さよりも、周辺に生(は)えている草や木などに興味津々(きょうみしんしん)な様子だった。

セレスはといえば、草原で両手を広げてクルクル回っていた。ここが空間魔術で生み出された場所だと理解したのだろう、「まるでもう一つの世界じゃないですかぁ～」なんて言いつつ軽くトリップ状態だ。

俺はガーランドの質問に、どう答えたものかと思案する。

「使用目的の方か、根本的な原理の方か、どっちを聞きたい？　ちなみに原理の方は説明が面倒だから、あまり言いたくない」

「そんなハッキリと……では使用目的と、せめてここがどこなのか聞きたい。こんな場所は見たことないからな」

ガーランドにそう言われた俺は、「そうか」と言って周囲を見渡す。

「二つ目の質問から答えると、ここはセレスの言う通り、俺が創ったもう一つの世界だ。普通の動植物はいるが、魔物みたいな凶暴なのはいない。ついでに言えば、この世界そのものが俺の私有地だな。で、一つ目の質問だが、今はカイトたちの修業に使っている。ま、正直修業場所としては広過ぎるくらいだけどな」

俺がそう言うと、後ろの方からフィーナの「本当に広過ぎるわよね……」という呆れた声が聞こえてきた。

「修業……それがこの場所で行っていることか」

「正確には他にも色々してるがな。主に修業だ」

これだけ広いんだ、修業だけに使うというのも勿体無いだろう。ということで、実は既にいろんな設備を自作している。

もっとも、そのことはまだメアたちにも言ってないので、また後で、機会がある時のお楽しみにとっておく。

「師匠、さすがに今日はもう修業はやりませんよね？」

カイトが不安そうに言う。

「まぁな。飯食って風呂入って寝るだけだ」

「お風呂？　お風呂あるの⁉」

今度はラピィが興奮状態で駆け寄ってきた。こいつら一行がどれくらい魔族大陸にいたかは知らんが、まともに風呂に入れていたとは思えない。女性としては風呂に入れるかどうかはかなり重要だろうし、これだけ食いついてくるのも理解できた。

するとメアも寄ってきて、首を傾げる。

「昨日は船の風呂に入ったけど、そういえば魔術で屋敷に帰れるんだっけか？」

「まぁな。でもたまには、外の景色を見ながら風呂に入りたいとは思わないか？」

俺の提案に、メアとラピィが俺を見て、揃って不思議そうな声を上げた。

「「え？」」

　それから、思い思いに行動していた連中に声をかけて、全員で移動する。

「この先に何があるんだ？」

「内緒」

　と、道中で誰に聞かれてもそう返して焦らしつつ、歩くこと十分ほど、ようやく目的の場所へと到達した。

　そこにあったのは、数十人は入れるほどに大きな湯船だった。もちろんお湯が張られており、すぐ横には、日本の銭湯にあるような蛇口とシャワーが備え付けられている。さらに少し離れたところに、脱衣所として使える小屋があった。そしてその奥に、休憩処として少し大きめの小屋が建っている。

「ほ、ほおぉぉぉっ⁉」

　その光景を見たラピィは再び奇声を発し、目をキラキラさせていた。

「お風呂だぁぁぁっ！」

「「だぁぁぁっ！」」

　そしてそのまま、両手を天に突き上げて叫ぶ。

　ウルたちもラピィの両脇に立って、その真似をする。

　ラピィが小柄なこともあって、なんだか妹が増えた気分である。

　初めて目にしたメアたちも、それを見て驚いていた。

「マジかよ、こんなの昨日はなかったよな……？」

「お前らが逃げ回ってたの、こっちとは逆方向だったしな。俺の世界にあった露天風呂っていうんだが、入りたかったから作った」

「作ったって、一から全部、自分でか？」

メアが俺の方を見て聞いてくる。

「さすがにいくつかは市販の物を買って使ってるぞ？　シャワーヘッドを木材なんかで作ったら、木屑が混ざりそうだしな」

「作れないわけじゃないってのが凄ぇよ……」

そう言って乾いた笑いを浮かべるメア。

そんな会話をしている間にも、興味津々なラピィがシャワーを弄ってお湯を出していた。

「おー、温かい！」

感動した様子のラピィの言葉に、少し嬉しくなってしまう。

「そりゃそうだ。わざわざ川から引いてきた水を、魔道具使って温めてるんだからな」

「私たちも手伝ったもんねー！」

俺の言葉に続けて、どこからともなく子供の声が聞こえてくる。

「え、何？　誰？」

得体の知れない声に、ラピィは声の出所を探してキョロキョロする。

しかしその声の主は、ラピィが思ってもいなかったであろう場所から飛び出した。

「ばぁっ！」

──そう、俺の体からである。声の主はアルズだったのだ。

「……」

「あれ？」

探していた人物が現れたにもかかわらず、ピクリとも動かないラピィ。

もっと派手な反応を期待していたらしいアルズが、ラピィの顔を覗き込む。

「……気絶してる」

「すまない、ラピィはそういうビックリ系が大の苦手でな」

ガーランドが申し訳なさそうに笑った。

「しかし……その子は一体？　肌が赤いし、宙に浮いているとは……そこの子供のような亜人でもなさそうだが、魔物というわけでもなかろう？　それに見間違いでなければ、たった今アヤト殿の体から出てきたように見えたが……」

「ハッハッハ、何を隠そう、僕は精霊の王様なのさ！」

ガーランドの疑問に対して、アルズが胸を張って答える。

どうにも信じ難かったのか、ガーランドは不思議そうにし、アークは笑い飛ばした。

「いやいや、百歩譲って精霊だとしても、王様？　お前みたいな子供が？」

そのどストレートな言葉に、アルズが俺の方を見ながらアークを指差す。

「アヤト、こいつやっちゃっていい？」

「死なない程度なら」

俺たちの会話を聞いたアークが「え？」と声を漏らす。

「よっしゃー！　皆、コレで遊ぶよっ！」

そんなアルズの言葉で、俺の中にいた残りの精霊王が次々に出てくる。

そしてアークは、アルズ、ルマ、キース、オド、シリラの五人に空へと連れていかれてしまった。

「うおあぁぁぁっ⁉」

「うふふ、あの子たち楽しそうですね」

一緒に出てきたココアが空を見上げながら微笑むが、同じく一緒に出てきたオルドラは、困ったような表情を浮かべていた。

「おぬしら……まぁ、あやつが先程アヤト殿に剣を向けたことに腹を立てているのは分かるが……」

そうだったのかと、空中で投げられたり落とされたりして遊ばれているアークを見ながら思った。皆俺のことを想ってくれてるんだなーと、少し嬉しくなる。

「ココアはいいのか？　なんなら混ざってきてもいいぞ？」

「本当ですか？　では失礼して……」

ココアはこちらに一礼して空に舞い上がり、すぐにアークの近くまで移動した。

そして――

「フンッ！」

俺たちがいる地上まで届くほどの気合の入った声と同時に、空中に投げ出されていたアークの顔面を殴りつける。

そしてその直後、アークが勢いよく飛んでいってしまう前に襟首を掴んで止め、唖然としていたアルズたちにアークを返した。

スッキリした表情のココアがゆっくり降りてくると、オルドラも含めてほぼ全員が引きつった笑みを向けるしかなかった。

ココアって……怒ると怖いんだな……

「えーっと……とりあえず話を戻そう。あのアークで遊んでる五人とここにいる二人は、それぞれの属性を宿した精霊王だ。俺は全員と契約しているから、色々と手伝ってもらってるんだよ」

「精霊の王様を風呂作りに使うとか……」

カイトが呆れながらそう言う傍らでは、ガーランドが頭を押さえていた。

「精霊……その王と契約……しかも複数だと……」

「まぁ、そんな深く考えるなよ。ちょっとだけ個性的な友人ができたとでも思えば……」

正直『ちょっとだけ』どころではないと思うが、それは言わない方がガーランドの精神衛生上いいだろう。

「んで、どうする？　風呂に入る順番は女からにするか？　……アークがあんな状態だし」

上を向きながらそう言うと、ラピィが親指を立ててきた。

「もちろん！」

☆★☆★

「はぁ～、気持ちい～！」

「こんなに大きな湯船なんて、初めてですもんねぇ～……」

大きくため息を吐いて、心の底からリラックスした声を出すラピィとセレス。

その横でリナも頭半分まで浸かっている。

ミーナとメア、そしてフィーナは、せっかくだからと近くで遊んでいたベルを呼んで、洗ってあげていた。

フィーナは歯を、ミーナは全身を磨いている。

「ねぇ、小さい歯ブラシってない？　普通の動物用のだと、細かいところが磨けないのよね……」

「ん、使い捨てのがある。さっきアヤトがくれた」

フィーナがそう言うと、ミーナが歯ブラシを渡す。

それを受け取ったフィーナはベルの歯磨きを再開し、ミーナも硬いブラシでベルの身体を磨いていく。ベルが気持ちよさそうに「クゥ～ン」と喉を鳴らした。

「んじゃ、そろそろシャワーかけるぞ！」

メアは勢いよくシャワーを出すと、ベルの体全体を流していき、口の中にも入れてうがいをさせる。

「うがいのやり方って、アヤトが教えたんだっけ？」

フィーナの疑問にミーナが頷く。

「教えてる時のアヤト、可愛かった」

アヤトは魔物や動物と話すことができる。そしてその際は、相手と同じ鳴き声を発するのだ。

つまりベルと会話するときには、ベルに合わせて「クゥ～ン」と鳴き声を上げることになる。

そんなアヤトの姿を思い出したミーナは、頬をポッと赤らめていた。

一方で、フィーナは苦虫を噛み潰したような表情になった。

「あれが可愛いとか……理解できないわ」

そう言いつつ、ベルがうがいを終えるのを見届けたフィーナは、頭を横に振って立ち上がる。

すると、全身綺麗になって満足したベルがフィーナの方を向き、彼女の体を大きな舌で舐めた。

「ひぃやぁぁぁっ!?」

あまりの気持ち悪さにフィーナは奇声を上げる。

ベルは次にメア、ミーナも一舐めする。ミーナは身長が低いせいで、顔も一緒に舐められてベトベトになってしまっていた。

そしてベルは、上機嫌に喉を鳴らしながらその場から去っていった。

「……体洗う前でよかったぜ」

「……ん」

「……今度からアレも躾けないとダメなようね」

メアとミーナはさほど気にしていなかったが、フィーナは額に青筋を浮かばせて怒りをあらわにしている。

三人のやり取りを湯船から見ていたラピィが、楽しそうに笑った。

「あれはたしかに勘弁してほしいなぁ……」

「……あの魔族の方、中々面倒見がいいですねぇ」

メガネを外したセレスが、目を細めながらそう言う。

するとそこに、ルウとウルが遅れてやってきた。

「フィーナ様たち、今からお体洗うです？」

「ウルたちがフィーナ様たちを洗ってあげるの！」

そう言って駆け出すルウたち。

「あっ、バカ！　こんな場所で走ったら――」

できるだけ日本の露天風呂に近づけようとしていたアヤトは床にもこだわり、石造りの滑らかなタイルを敷いていた。

それがお湯や石鹸で濡れれば滑りやすくなるのは当然で、そんなところで走ればどうなるか、結果は目に見えていた。

――ツルッ。

並んで走り出したルウとウルは、見事にシンクロして転ぶ。

そして二人はその勢いのまま、フィーナの足元まで滑っていった。

「あ、あんたら……」

怒っていいのやら呆れていいのやら心配していいのやら、複雑な心境になり戸惑うフイーナ。

しかし二人は痛がる様子もなく、勢いよく立ち上がって、声を揃える。

「お背中お流ししますですー！」

「お背中お流ししますの！」

二人が浮かべる笑みに、フィーナは怒る気力を無くしてしまうのだった。

「まったく……まぁ、いいわ。じゃあ、ルウはメアたちを洗ってあげて。あたしはウルにやってもらおうかしら」

「なの！」

指名されたウルは張り切って返事をすると、石鹸を手に取って泡立て、フィーナの背中を素手で擦り始める。

そんな光景を見ていたラピィが、「そういえばさー？」と前置きをしてフィーナに質問を投げかけた。

「フィーナちゃんってどうするの？」

「どうするって何がよ？　あと『ちゃん』付けはやめて」

あまりに唐突で曖昧な質問に、フィーナは聞き返す。

「フィーナちゃんって、ペルディアって人を魔王から救うために、アヤト君と一緒にいるんでしょ？　なら、その目的を果たしたらどうするのかなって思って」

一瞬だけ表情を暗くして俯くフィーナだが、すぐに顔を上げる。

「どうもこうもないわ。アヤトにも言ったけど、あたしはペルディア様と一緒に行くの。あんたらがどう思おうと関係ないわ」

フィーナのつっけんどんな返答に、ラピィは苦笑して「そっか～」とだけ返す。

しかしフィーナの背中を洗っていたウルはその手を止めて、今にも泣き出しそうな表情でフィーナに抱き付いた。

「フィーナ様、いなくなっちゃうの？　ダメなの！」

ウルは逃がさないと言わんばかりにフィーナにしがみつく。

「っ……は、離しなさいよ。今すぐどっかに行くってわけじゃないんだから……」

「ルウもフィーナ様を逃がさないようにするの！」

フィーナが困惑していると、隣でメアの身体を洗っていたルウも、フィーナの方に寄ってきてしがみつく。

「よっしゃーです！」

「ちょっ⁉　二人してなんなのよ、もう！　そんなにあたしがいなくなるのが嫌なら、あいつに頼みなさいよ、あんたらの兄様に！」

どう対応していいか分からなくなったフィーナは、ヤケクソ気味にそう叫ぶ。

「「兄様？」」

「そうよ！　あいつがペルディア様を説得すれば、あたしだってあんたらと一緒にいられるんだし、そういうのはアヤトに言いなさいよ！」

とにかくその場を凌ぎたいがために、そう言い放ったフィーナ。

するとウルたちは互いに顔を見合わせるとフィーナから離れ、そのままアヤトたちがいるであろう休憩処の方へと一直線に走って行って消えてしまった。

「あっ、あんたら服！　裸のまま行くんじゃないわよ！」

フィーナのそんな声が、二人に届くことはなかった。

そしてウルたちが帰ってきたのは、それから十分後のことだった。

その後風呂から上がったフィーナは、ニヤニヤしたアヤトに「そんなに俺たちといたいの？」と言われ、ようやく自分の失言に気付いたのだった。

## 第13話　体の傷跡

女性陣の入浴が終わったところで、「悪魔に入浴は不要ですので」と辞去したノワール以外の男性陣が脱衣場へと入っていく。

「あーあ、死ぬかと思ったぜ……」

つい先程まで精霊王たちに空中で遊ばれ続けていたアークが、げっそりとした顔で服を脱ぎ始める。

それに並んで、呆れた様子のガーランドと苦笑いしているノクトも服を脱ぎ始めた。

「いくら相手が子供の姿をしているとはいえ、あれは軽率過ぎだ」

そうガーランドに咎められたアークは、口を尖らせ反論する。

「だって、まさかあんな子供が精霊の王だなんて……普通思わないでしょ？」

「たとえそうだとしても、あの言い方はどうかと思うがな……なあ、アヤト殿もそうは思わん──」

ガーランドは同意を求めて、背後で服を脱いでいたアヤトの方を向いたのだが、その目に飛び込んできた光景に、思わず言葉を詰まらせた。

ガーランドが急に言葉を途切れさせたことに疑問を感じたアークとノクトも、アヤトに目をやったが、やはりガーランドと同様に絶句する。

そんな三人の異変に気付かず、アヤトは呼びかけられたからと振り返った。

「……ん？　なんだ？」

しかし返事をしても三人が何も言わないため、首を傾げる。

「師匠、それ……？」

そこでようやく、アヤトの横で脱いでいたカイトも、ガーランドたちが言葉を失った原因に気付き、手を止めた。

その原因は、服を脱いだアヤトの上半身にあった。

彼の体には、いくつもの痛々しい傷が刻み込まれていたのだ。銃痕、切り傷、火傷痕、打撃による凹みなど、その種類も多岐にわたり、アヤトが多くの激戦を潜り抜けてきたことが、一目で分かった。

アヤトは傷跡に注目されていることに思い至ると、「ああ、これか?」と前置きしてから言葉を続けた。

「これは……俺の生きてきた証だ」

アヤトは過去に体験したことを思い出しながら、懐かしそうに言う。

しかしガーランドたちが言葉を失っていたのは、それらの傷跡のせいだけではなかった。

もう一つの理由は、アヤトの並ではない筋肉のつき方にあった。圧倒的な質量感があるにもかかわらず、一見してそこまで肥大しているようには見えない。実際、アヤトの筋肉密度は常人の数倍を誇っていた。

「……なるほど、その傷跡といい身体の鍛え方といい、冒険者としてのランクが強さの指標にならないと言っていたのも納得だな」

ガーランドがそう口にすると、アヤトは頷く。

「まぁ、俺に関して言えばそうなんだけどさ。結局俺が言いたいことは、ランクっていう業務的な肩書きで相手見下してんじゃねえぞこのクソが、ってだけなんだよな……」

「口悪いな、お前⁉」

アークのツッコミにカイトとノクトが笑い、少しぎこちなかった空気が和やかになる。

「しかし凄まじい体だな。傷跡もさることながら、この鍛え上げられた筋肉……並の生物では相手になりそうにないな」

そんな空気の中、唐突に女性の声が上がり、アヤトの体にか細い手が添えられる。

アヤトは特に気にするでもなく、平然と答えた。

「あー、自慢するつもりはないが、実際こっちに来てからまともな戦いはほとんどしてないな」

「そうなんですか……って、なんでここにいるんですか、シャードさん⁉」

自然とその場に溶け込んでいたシャードの存在に気付いたノクトが叫び声を上げる。

ガーランドたちもそこでようやく気付き、驚きの声を上げた。

「なんだ、お前ら気付いてなかったのか？」

ケロリとした顔でそう言い放つアヤトに、カイトがツッコミを入れる。

「師匠は気付いてて何も言わなかったんですか⁉」

「何か用事があるんだろうと思ってな。んで、何の用だ？」

ガーランドが下げかけていたズボンを上げたり、ノクトが既に全裸になっていた体を大きなタオルで隠そうとしたりする中、アヤトは淡々とシャードに聞く。

「用……？　私はただ風呂に入ろうとしただけなのだが？」

シャードは当たり前のようにそう言って、白衣を脱ぎ始めた。

「待てコラ。女はさっきまとめて入れっつったじゃねえか。なんで普通に俺たちと入ろうとしてるんだよ」

アヤトはそんなシャードの頭にチョップを入れる。

「いや、風呂にも興味はあったのだが、ここら一帯の草木が珍しくてな……色々見ていたら、つい時間を忘れてしまっていたんだ。それに、君たちだって女性と入るのはやぶさかではないだろう？　私もスタイルには自信がある方なんだが……」

そう言って自分の胸を揉んで持ち上げるシャード。

強調された胸を見て、アークは鼻の下を伸ばし、カイトとノクトは顔を真っ赤にして、ガーランドは頭を抱える。

「心休まらないという意味ではやぶさかだよ。大人しく俺たちの後に入れ」

「ふむ、そこまで拒否されては仕方がないな。風呂はもう少しあとにしよう」

アヤトの拒絶の言葉を受けて、シャードはそう言って肩を竦めると、籠に入れた白衣を手に取って脱衣場から出ていった。

シャードがいなくなった脱衣場に、しばしの沈黙が流れる。

「あ……あーあ、残念だったな、美人さんの裸を拝めなくて！」

アークが場を和ませようと、戸惑いながらも冗談を口にすると、その言葉にアヤト以外の全員が正気に戻り、脱衣を再開する。

「ぼ、僕は先に入ってますね？」

ノクトは逃げるように、大きなタオルを体に巻いたまま脱衣場から風呂場へと移動する。

と、ノクトがいなくなったところで、アヤトがアークを見ながら口を開く。

「いるじゃないか、美人というか女の子みたいな奴」

「うるせぇよ！　いくら俺が女好きだからって、ノクトのことを女として見るほど末期じゃねぇからな⁉」

そう言ってアークも風呂場へと向かい、カイトもその後に続く。

「……すまないな、騒がしい連中で」

「いや、静か過ぎるよりいいさ」

申し訳なさそうに言うガーランドにそう答えて、アヤトは軽く笑いながら脱衣所を出るのだった。

「そういえば師匠、その体の傷のことって、メアさんたちは知ってるんですか？」

俺が身体を洗うために椅子に腰掛けると、隣で頭を洗っていたカイトが問いかけてくる。

「知ってるのはヘレナと……あとはアルズたちがどうだかな。メアやミーナは、俺が上半身裸の時に部屋に入ってきたことがあるけど……その時はヘレナが俺に覆いかぶさってたし、多分知らないはずだ」

「そう、ですか……」

カイトが不安そうな表情を浮かべたのを見た俺は、こいつが何を考えているかなんとなく分かり、軽く笑う。きっと、この傷を見て離れていく奴がいないか、そしてそうなった時に俺が傷つかないか、心配してくれているのだろう。

「これを見て離れていく奴らなら、俺の見込み違いだったってだけの話だよ……お前はこの傷を見て、俺から逃げ出したいと思うか？」

「まぁ、それだけじゃ逃げ出しはしませんけど……ただそんな体になるまで痛め付けるのはやめてくださいよ？」

この中で、修業の時にできたものなんて一割にも満たないんだがな。

だけど、ここはあえて怖がらせてみたくなってしまうのが俺である。

「お前が修業で手を抜けばどうなるだろうな？」

その脅しに、カイトは顔を青くする。

そんなやり取りを見て、ガーランドが笑いながら口を挟んできた。

「ハッハッハ、あまり脅してやるな。彼はまだ中等部――」

「カイトの年齢ならこれからどうするかなんて、十分自分で考えられるだろ。少し怖がらせたところで逃げるんなら、それまでの覚悟だったってことだ。それに、弟子入りの時に『英雄になりたい』なんて豪語してたんだから、当然逃げ出すわけないよな？」

ガーランドの言葉を遮って挑発気味にそう言ってやると、カイトはムッとした表情になって頭についた泡を乱暴に流し始める。

「もちろんですよ！　ミランダさんやガーランドさんをすぐに超えてみせますから！」

ヤケっぽく言うカイトに、ガーランドが「ほう」と感心する。

「SSランクの冒険者である俺を超える、か……俺のようになりたいと憧れを持ってくれた者は今までにもいたが、『超える』と軽々言われたのは初めてだな！」

「そりゃあ、そうですよ、俺の目標は師匠なんです！　……ただ、当面の目標はミランダさんたちと対等に戦えるようになることですかね」

気合が入ったかと思えば、急に弱気になるカイト。

いや、あのカイトの言葉だと思えば、『ミランダたちと対等に』ってのは決して弱気な発言ではないか。

やる気はしっかりあるようなので安心して、俺も泡立った頭をシャワーで洗い流す。

「まぁ、怪我ぐらいなら俺が治してやるから、安心して修業に集中しとけ」

「はい！」

カイトから元気な声が返ってくる。

するとガーランドが「そういえば」と口を開く。

「気になっていたことがあるのだが、聞いていいか？」

その言葉に俺は可否の返答はせず、肯定の意味を込めてガーランドの方を向く。

「さっきの自己紹介の際に、お互い魔王討伐に来ているから同行する、という話になっただろう。その時、ペルディアなる者が魔王に囚われているから助けに来たといっていたが、そのペルディアとはどんな人物なのだ？　それと、魔王討伐とその人物の救出、どちらがアヤト殿たちの主目的なのだ？」

「んー……まあ、ここまできたら言っていいか。ペルディアってのは元魔王で、目的の重要度は同じくらい、って感じかな。なんせペルディアはフィーナの上司で大事な人だし、俺はなぜか今の魔王に勇者だと勘違いされてるしなー」

俺の言葉に、ガーランドの頭を洗う動きが一瞬止まるが、すぐに再開した。

「さて、どこからツッコめばいいものか……そもそも魔王の代替わりも初めて聞いたぞ……」

「あえてツッコまず、聞き流してくれればいい。一々驚いてたら、ジジイになっちまうよ」

軽い冗談を混じえてそう言ってやると、経験者であるカイトが横で「たしかに」と呟く。

「そうか……他に驚きそうなことがあれば、できれば先に言ってほしいのだがな。心臓に悪い……」

「あっ、それなら俺も聞きたいことあるんだよ！　あの銀髪の姉ちゃん、普通の亜人じゃないだろ？　なんたって、でっかいもんを二つも持ってるしな！」

既に湯船へと浸かっているアークが、両手を自分の胸に当てて女の大きな胸を下品に表す。銀髪で胸が大きいと言ったら、ヘレナしかいないからあいつのことだろう。

理由はともかく、普通の亜人じゃないってところは微妙に当たってるんだよな……

「アーク……」

「アークさん……」

アークの言動に、ガーランドとノクトが呆れた様子になる。

「いやいやいや、あれは男の憧れでしょ？　なぁ？」

その「なぁ？」が俺に向けられた言葉でないことを願いたいが、思いっ切り俺の方を向いて聞いてきている。

「俺に聞くな。たしかにデカいかもしれないが、それがどうしたよ？」

「なんだ、反応薄いな。お前ラピィ派か？」

貧乳=ラピィという大変失礼な発言をするアーク。

「今のお前の発言、後でラピィとセレスに言っとくわ」

「なんでセレスにまで言うんだよ⁉」

「ラピィに話したらどうせ伝わるだろうし」

俺がそう言うと、アークもなんとなく想像できてしまったのか「うっ……」と声を漏らす。

「そ、そんなこと言ったら、俺だって考えがあるぞ……お前の傷のことをバラすぞ！」

「……いや、別にいいけど」

俺の返答にアークはしばらく固まった後、「くっ！」と悔しそうにしていた。

と、俺はそこであることに気付く。

俺の隣に座っているノクトが、キョロキョロと辺りを見渡していたのだ。

「どうした、ノクト？」

「えっ⁉　あ、いや……」

何か気まずそうに顔を赤らめるノクト。どうしたんだ？

「あの……シャンプーハットって……ありますか？」

「「……ん？」」

少し離れた湯船に浸かっていたせいでノクトの発言が聞こえていなかったアークを除き、

全員が聞き返した。

「シャンプーハットって、あの頭に着けるやつか？」

「は、はい……あれがないと、ちょっとまだ怖くて……」

ノクトの年齢でシャンプーが苦手ってのは珍しいけど、大人用のシャンプーハットとかもあったしそんなもんか……とはいえ、シャンプーハットなんてないからなぁ。

「なら俺が洗ってやろうか？」

「え……い、いいんですか？」

戸惑いながらも期待をした眼差しを向けてくるノクトに頷いてみせる。

「ああ。それにノクト、お前は少しくらい図々しくしていいぞ。さっきのシャードを見習え……とまでは言わないが、あの一割二割くらいはな」

「じゃあ……お願いします！」

ノクトはさっきまでとは打って変わって、満面の笑みを浮かべた。

その笑顔に、カイトもガーランドもほっこりとしていた。そうか、これが天使というやつか。

体を洗い終えた俺は立ち上がって、ノクトの後ろに回り込む。そしてシャンプーを手に取り、頭を揉むようにして丁寧に洗ってあげた。

「痛くないか？」

「はい、気持ちいいです、兄さん……」

幸せそうに呟くノクト。俺を『兄さん』と呼んだことにも気付いていない様子だった。

しかし少し経つと、自分が何を言ったのか気付いたのか、背後からでも分かるくらいに耳を赤くした。

「俺のこと、そのまま兄さんって呼んでくれてもいいんだぞ？」

「そ、それは……いいの？」

少し迷っているようだが、さっきの「図々しくしていい」という言葉が効いたのか、聞いてくる。

そして少しためらった後、自分の本当の兄について語り出した。

「僕……地球にいた時に二つ年上の兄さんがいたんです。だけどある日、兄さんは帰ってこなくなっちゃって……」

声を暗くして語るノクト。

カイトやガーランドも体を洗いつつ、聞き耳を立てている。

「だけど、しばらく経った後に帰ってきたんです……虫の息で」

その状況を思い出したのか、ノクトは力強く拳を握る。

「そしてそのまま、『邪神はどうなった？』と言い残して死にました。邪神なんて、地球じゃファンタジーの存在です。僕も他の人も、兄さんが何を言ってるのか分かりませんでした……その後僕は、異世界に召喚されました。そして、兄さんも同じ世界に召喚されて、戦わされて、邪神に挑んでその世界から消え、死の直前に地球に戻ってきたのだと知りました」

ノクトはそう言うと力んでいた拳を緩め、今度は震え始める。

「なんで……なんで兄さんだったんだろうって……僕が先に召喚されて邪神を倒していれば、兄さんは死なずに済んでいたかもしれないのに……」

ノクトはそこまで言うと、嗚咽し始めた。

あまりの話の重さにカイトとガーランドは沈黙し、一方で話が聞こえていないアークの鼻歌がよく響いていた。

「ノクト……とりあえず目は開けるなよ」

「……え？　あ、うん……」

俺はそんな空気など気にせず、ノクトの頭を洗い続ける。

優しくわしゃわしゃと頭を揉んでいるうちに、ノクトの嗚咽は収まっていった。

「ふあぁぁぁ……」

そして代わりに、ノクトの口から気持ちよさそうな声が漏れ出てくる。

「気持ちいいか？」

「は、はい……」

「ならよかった。じゃあ、流すぞ」

ノクトの頭にシャワーを当てる。

「……ノクト、お前の本当の兄が死んだという事実は変わらないが、お前の気が紛れるってんなら、いくらでも俺のことを兄と呼んでくれて構わない。俺にはもう既に妹が二人いるから、一人くらい弟が増えようが今更だしな」

「あり、がとう……ありがとう、兄さん！」

ノクトはさっきよりも晴れ晴れとした笑顔でそう言った。


全身を洗い終えた俺たちは、湯船へと浸かる。

「ふぅ……しかし、これだけ豪華な風呂を手作りか。アヤト殿には驚かされてばかりだな……何者か詳しく聞きたくなってきたよ」

ガーランドがそう口にすると、アークがバカにするように鼻で笑う。

「どうせロクでもない奴だよ、こいつは」

「アーク！」

ガーランドが怒鳴って止めようとするが、アークは気にせず言葉を続ける。

「とんでもねぇ体つきに、回復魔術に空間魔術……しかもこんな、建築家のやるような大仕事までやっちまうとか？　そんな奴が普通の人生を送ってきたわけねえじゃ——ぶ

「ぐっ⁉」

　その言葉の途中で、アークはガーランドの鉄拳を頬に受けた。

　思いきり殴られたアークは目を丸くして、立ち上がっているガーランドを見つめる。

「な、何を……」

「日頃の行いには目をつむってきたが、まさかここまで愚かだとは思わなかったぞ、アーク……そしてすまない、アヤト殿」

　ガーランドは軽蔑の目をアークに向けると、次にこちらに向かって頭を下げてきた。

「……それは何の謝罪だ？」

「アークの言動は、普段の好き勝手な行いを厳しく注意してこなかった俺にも責任がある。もし今の一発で気が済まないというのであれば、代わりにこいつの上司である俺を殴ってくれ！」

　そう言って頭を上げようとしないガーランド。

　正直、アークの発言に関してはそんなに気にしちゃいないんだよな。それに、ガーランドがこうやって俺の目の前で立ち上がっているせいで、見たくもないものを見せられる羽目になっているので、さっさと座ってほしい。

「とりあえず頭を上げて腰を下ろせ。お互い裸なんだから、謝罪よりもそっちを気にしろよ」

「あ、ああ……すまん」

ガーランドが、俺の言葉通りに湯船に浸かる。

アークも殴られた頬に手を当てつつ、ケロッとした表情で俺の方を向いた。お前は謝らないのかよ、いいけど。

「それにさっきの発言に関しては気にしてない……っていうか、あながち間違ってはいないんだよ」

「うん？　間違ってないとは？」

ガーランドの疑問に答えるかどうか、少し迷ったものの、俺のことを教えることにした。

「俺が『ロクでもない奴』ってのと、『普通の人生を送ってきたわけねえ』ってのさ。なんとなく察してるとは思うけど、俺は人を殺してる」

「「え……？」」

冒険者であるガーランドとアークは、俺の起居振舞(たちいふるまい)からなんとなく想像が付いていたのか特に驚いてはいなかったが、カイトとノクトは目を丸くしていた。

「それって、敵対した亜人とか魔族を……？」

カイトが震えた声で聞いてくるが、俺は首を横に振って答える。

「人間を、だ。それもこの世界に来る前からな。最初に人を殺したのは、カイトと同じ年齢の時だしな」

少しでも空気を和ませようと笑いながら言うが、カイトたちの固い表情は変わらない。

特にノクトは、俺が地球出身だと知っているからか、複雑そうな顔をしていた。

「なんでそんなことを……?」

「『そんなこと』ね……仕事だから、って言ったらさすがに軽蔑するか?」

「仕事⁉　人殺しが、ですか……?」

カイトが引き気味に聞いてくる。そりゃあ、そうなるわな。

「これは言い訳になるかもしれないが、俺はただ快楽目的で人を殺していたわけじゃない。『殺すべき人間』を殺してたんだ」

「おいおい、言い訳するなよ。どれだけ言葉を取り繕っても、結局のところ人殺しには変わりねえじゃんかよ」

無神経なことを言うアークを、ガーランドが睨みつける。

またガーランドがキレて話が脱線する前に、俺はアークの言葉に返した。

「ま、そりゃそうなんだけどな。そうだな……裁かれるべきなのに法で裁けない人間、そんな奴がいるとして、おまえらならどうする?」

「裁けない人間……?」

カイトの疑問に、俺は記憶を掘り起こしつつ、空を見上げてため息を吐く。

「ああ。法が及ばない場所まで逃げ切った奴、権力を傘に法を撥ね退ける奴、法の隙を突いて悪事を働く奴、法の中に紛れて他人に害を与える奴、そして法を都合のいいように使って弱者を甚振る奴……そんな連中のことだ」

そこで俺は一度言葉を区切る。

「法に触れていない、一般的に善とされる中にも紛れ込んだ悪がある。そしてその悪は、法では裁けない……俺が殺してきたのは、そんな善の中の悪だ。法で裁ける奴は法に任せ、法で裁けないそいつらの排除を行うのが、俺の、そして俺の一族である『小鳥遊』の仕事だった……国公認のな」

表では武道一家として、そして裏では悪を裁く一族として、名を馳せていたのが小鳥遊の家なのだ。

俺は顔を戻し、皆の顔を見回した。

「ま、そう言うと正義の味方っぽいが、結局はアークの言う通り、ロクでなしの人殺しであることには変わりないんだけどな」

重苦しい空気を払拭するように、俺は明るく言った。

さて、皆はどういう反応をするかな？

「……俺はSSランクの冒険者だし、国に仕えている立場である現状、アヤト殿のような仕事の重要さは理解できるさ。その若さで、というのは気になるが……それもまた、何か理由があるのだろうな」

「善の中の悪ってのも、冒険者やってりゃたまに見るけどよ……ま、快楽殺人鬼じゃねえならロクでなしでもまだマシか」

ガーランドは少し複雑そうに、アークは相変わらずふざけた調子で言ってくる。この二人の反応はだいたい予想通りだな。

「うーん、元の世界でもそういう仕事をしてる人っていたんだね、ちょっとビックリしたよ」

と、ノクトが少し意外な反応をする。

「なんだ、けっこう普通に受け入れるんだな？」

「前の異世界で、いろんな人を見てきたから……それに、兄さんは兄さんだからね！」

俺の言葉に、ノクトは嬉しいことを言ってくれた。

「俺、は……ちょっとショックですけど……でも、話してくれてありがとうございます、師匠」

そう言うカイトは、やはり複雑な表情なままだ。

まあ、受け入れるのに時間が必要な話ではあるか。

「いや、多分お前の反応が正常だよ……さて、そろそろ風呂から出で、明日に備えて飯食って寝ようぜ」

俺の長話のせいでのぼせる寸前だったのか、全員がコクコクと頷くのだった。

# 第14話　カイトの決意と蛇料理

「ぐ、ううううっ⁉」

早朝の草原に、歯を食いしばって力むカイトの声が響いた。

半裸の状態で空気椅子をし、両手には手頃な大きさに割った岩を掴ませている。

剣を振り回すために必要な足腰、腕、握力の強化が目的だ。

ちなみに俺はというと、カイトの肩の上に立って学園から支給された教材を読んでいる。

タイミングを見計らって、回復魔術をかけてもいた。

「し、師匠……なんで俺の上に乗ってるんですか……っていうか、なんか軽くないですか……？」

「乗ってるのは回復魔術をタイミングよくかけるためと、重り代わりだ。軽く感じるのはそういう技術とだけ言っておく」

いきなり全体重ってのはさすがにつらいだろうから、段階的に重く感じるようにしていくのだ。

視線を教材に向けたまま答えると、カイトは諦めたような顔で「さいですか……」と呟いた。

昨日風呂から上がった俺たちは、女性陣と合流して、そのまま魔空間の中で一晩を明かした。

そして早朝に目を覚ました俺は、カイトを連れて鍛錬に出てきている、というわけだ。

なぜカイトだけを連れてきたかというと、単に二人で話したいことがあったからだ。

新しい修業方法の実験台としても役に立ってもらおうってのもあったけど。

「……そんで、お前はこのまま俺の弟子ってことでいいのか？」

「何、がです？」

唐突な俺の質問に、カイトが苦しそうに聞き返してくる。

「お前は師匠が冷徹な殺人鬼でもいいのかって話。昨日の風呂でかなり引いてただろ、お前」

そう言うとカイトの体がわずかに揺れ、動揺したのが分かった。

「心変わりはしないのか？　今ならリコールも絶賛受け付け中だぞ」

「なんすか、それ……俺はいいですよ、師匠の弟子で」

苦痛に耐えながら苦笑いで答えるカイト。

「人殺しって言っても、師匠は悪い人をやっつけるためにしてたんでしょ？　ただの殺人鬼じゃないですから」

優しい言葉をかけてくれるカイト。しかしその優しさが重荷でもあった。

俺は思わず、試すような言い方をしてしまう。

「もしかしたら、いつかお前にも『その時』が来るかもしれないとしてもか？」

「『その時』って……俺が人を殺すかも、ってことですか？」

俺はカイトの肩から降り、じっと顔を見つめて頷いた。

「そうだ」

俺の冷たい視線にカイトは体を震わせ、空気椅子の姿勢を崩してそのまま尻もちを突いてしまう。

そんなカイトを、俺はなおも無言で見下ろし続けた。

これは俺の『逃げ』だ。

カイトが、メアたちが、今まで親しく会話してきた奴らが、本当の俺のことを知って、俺の気付かないうちに離れていくかもしれないという不安。

その不安から逃れるために、こうして全てを話した今、逃げ道を提示している。

いつか離れていかれるくらいなら、今ここで……

そう思っていた俺の目の前で、カイトが立ち上がる。

「俺は……逃げません」

覚悟のこもった声に思わず動揺している間にも、カイトは言葉を続ける。

「たとえ師匠が人殺しでも、この先俺も悪事を裁くために人を殺すことになるかもしれなくても、俺は師匠を……タカナシアヤトさんを師匠と呼びます！」

全身汗だくで、やる気に満ちた笑みを作って拳を作るカイト。

こちらを真っ直ぐ見つめるその目が、やけに輝かしく見えた。

眩しいほどに希望に満ちているこいつに修羅の道を歩ませれば、どうなるのだろう。どれだけこの光を保ち続けられるのだろう。

もしかしたらどこかで折れてしまうかもしれないという不安はあるが、どう成長していくのか楽しみでもある。

俺は思わず吊り上がった口元を片手で隠した。

今の姿はまるでノワールみたいになってるだろうな。

「分かった。なら、お前には俺みたいになってもらおうかな」

「最初からそのつもりですよ。師匠のいる場所が手の届かない頂でも、底の見えないほどに深い闇の奥でも、俺は師匠の隣に立ちたいですから」

本当に、本当に眩しい笑顔を、カイトは向けてくる。

……と、俺はそこで茂みの方を向く。

「だってよ。カイトはその気だが、お前らはどうする？」

俺の問いかけに答えるように、茂みの中からメア、ミーナ、リナの三人が出てきた。

「カイトだけ鍛えるなんて、ズルいじゃねえか！」

不思議そうなカイトに向かって、メアがニッと笑みを浮かべる。覗き見していたことに対しての後ろめたさを全く感じさせないような、いい笑顔だ。

横に立つミーナにも悪びれた様子はなく、リナ一人だけが申し訳なさそうに挙動不審にしていた。

「あれ、皆……？」

「フィーナはいないんだな」

「興味ないって言って、風呂に行ったぞ」

カイトみたいに修業して汗かいたなら分かるが、何もしてないのに入るのか？　昨日も入ってたのに……どうやら露天風呂が気に入ったらしいな。

俺は「そうか」と答えて、言葉を続ける。

「それで、話聞いてたんだろ？　お前らはどうするんだ？」

こいつらがそのへんに隠れ始めたのは、ちょうど俺がカイトにどうするか聞いた辺りだった。細かい話はしていないとはいえ、俺が人殺しだってことは聞こえてたはずだ。

「ん、付いてく」

その俺の質問に、ミーナが即答してきた。

何の躊躇もなく、表情の変化もないまま答えた彼女に軽く笑いつつ、俺はメアとリナにも視線を配る。

「俺は問題ないぜ。要は悪い奴をぶっ飛ばしてたってだけの話だろ？　アヤトはアヤトなんだし、難しく考える必要なんてねえよ！」

　グッと親指を立てるメア。

　一方リナは今まで以上に挙動不審になるが、なんとか笑みを浮かべようとしていた。

「わ、私も、このまま付いていきたい、です！　それに、私……人を見る目には、自信があります、し……なんちゃっ、て？」

　相変わらず前髪で目を隠したまま、『今の冗談はどうでしょう？』みたいな感じで首を傾げるリナ。意外とお茶目だな……

「全員で弟子継続か……んじゃ、いっそのこと全員殺人集団にしちまうか！」

「言い方が酷いですね!?」

　俺の冗談にちゃんとツッコんでくれるカイトを見て、俺は笑みを浮かべた。

「それじゃあ修業再開ってことで……さっきズルいって言ってたし、今度はお前ら三人で空気椅子やるか？」

「あ……」

　自分の失言を思い出して呟くメアと、巻き込まれたことを抗議するようにジト目をメアに向けるミーナ。そしてリナは顔を引きつらせていた。

「冗談だよ、戻って朝飯食おうぜ。カイトは風呂に入ってこい。そのままだと気持ち悪いだろ」

「あ、はい」

俺に言われて気付いたカイトが、風呂のある方へ小走りで駆けていく。

「アヤト……お前わざとか？」

「何がだ？」

突然そんなことを言われても何の話か分からないのだが。

すると「マジか……」とメアは本気で驚いた顔をする。

「さっき言ったじゃねえか、フィーナが風呂に入りに行ったって」

「……あっ」

そのことを思い出した頃には時既に遅く、遠くから甲高い悲鳴が聞こえてきたのだった……カイトの。

「いや……なんかすまん」

休憩処の前で合流したカイトの顔を見て、思わず謝ってしまう。

フィーナと脱衣場で鉢合わせたというカイトの頬にはビンタの跡が……というわけではないが、げっそりと疲れた表情をしている。一方でカイトの横にいるフィーナは、満足そうな笑みを浮かべていた。多分カイトは、目一杯フィーナにからかわれたのだろう。

「はぁ～、カイトって本当にいい反応してくれるわね！　どっかの無反応男とは大違い」

フィーナは呆れ顔で俺を見る。

「無反応男とは失礼な。ちゃんと反応してやってるだろ」

「あんたがしてるのは、反応じゃなくて返事だけでしょ。どうせならカイトみたいに、大袈裟に驚いてくれないと、ねぇ……？」

フィーナに笑みを向けられてさっきのシーンを思い出したのか、カイトの顔が赤くなる。

するとその裾を小さく摘むリナ。

「エッチなのは……ダメ、だよ？」

「わざとじゃ、ない……！」

リナの追撃に項垂れ、目に涙を浮かべるカイト。

そんな光景を見ながら、俺は朝食の準備を始めようとする。

すると、そこにガーランドたちがやってきた。

「おはよう、ずいぶん早いんだな……うちの国の騎士団より早起きなんじゃないか？」

ガーランドはそう言いつつ、ベンチ替わりになるように横倒しされた長丸太の上に座る。

長丸太は座りやすいように上面が平面になるよう削られ、下三分の一が地面に埋まっている。

ノクトとラピィ、セレスも続けて座り、シャードはそちらには座らずに近くの木にもたれかかってタバコを咥えた。

「あれ、アークはいないのか？」

「まだ寝てるよ。凄いよね、こんな状況なのにぐっすり眠れるなんて。本当に尊敬するわ」

と、ラピィが尊敬どころか呆れた口調で言う。

「いや、アーク君の気持ちも分からんでもないさ」

タバコに火をつけたシャードが、そんなことを言い出す。

「ここは魔物もおらず、心地好い風が吹いている。気を緩めてしまうのも無理はない。かく言うラピィ君も、昨晩は熟睡のようだったしな」

シャードがそう言って笑うと、ラピィの顔が赤くなった。

「よもや、ラピィ君の寝相があれだけ酷いものだったとは……」

「あー⁉ やめてやめてーっ！」

その先を言わせまいと、必死にシャードの口を押さえるラピィ。それに続いてガーランドも「そういえば」と口にする。

「昨晩は凄いいびきが聞こえてきたが、アークやノクトではなかった……まさかそれも？」

「ラピィですぅ」

「いやぁぁぁっ！」

次々に明かされる自分の痴態（ちたい）に、頭を抱えて叫ぶラピィ。一体どんな寝相だったのか気になる。

ガーランドたちの楽しげな会話を聞きながら、俺は収納庫から簡易コンロやフライパンなど、調理道具を次々と取り出していく。

そして最後に食材として、昨日倒して血抜きを済ませてある蛇双も取り出すと、ラピィたちの会話が止まった。

「えっと……もしかして、それを食べるの？」

引きつったラピィの表情。

ノクトとセレスも顔を青くし、ガーランドは訝（いぶか）しげな表情をする。

カイトたちも大体似たような反応で、平然としてるのは興味深そうに覗くシャードくらいだった。

「なんだ、お前ら蛇を食ったことないのか？」

なんて言ったものの、普通の蛇ならまだしも、魔物の蛇を食うのは俺も初めてだ。

まあ、頭が二つある以外は普通の蛇と同じ構造だったし、普通に下処理もできた。毒袋もちゃんと処理したから、あまり心配する必要はないとは思うんだが……

「なぁ、蛇って美味いのか？」

皆の反応を気にせずに準備を進めているとメアが興味ありげに聞いてきて、ミーナも俺の背に飛び乗って俺の手元を覗こうとする。

「味はいいと思うが、好みはかなり分かれるんじゃないか？　試しにこれ食ってみろ」

そう言って、メアとミーナに半日ほど天日干ししたものを手渡して、俺も同じものを口にする。

「「……うん、美味いな」」

「……ん」

俺とメアの言葉が重なり、ミーナも頷く。

普通の蛇と比べて柔らかく、塩味を付けた鳥ササミのような感じだった。

これなら期待できるかもと、干していない肉も串焼きや唐揚げにしてみたが、やはり美味かった。

「っていうか、ちょっと待って？　なんか、アヤト君の料理スキル高くない？」

俺たちが美味しそうに食べてるのを見て我慢できなくなり、結局串焼きを頬張っているラピィがそんなことを言う。

「クフフ、アヤト様は万能ですから何を作っても絶品になるのです」

いつの間にか合流していたノワールがそんなことを言うと、ラピィが目を輝かせる。

「何それ、お嫁に欲しいんだけど」

一家に一台みたいなノリで言わないでほしい。あと、俺は婿になってもいいが、嫁にはならない、断じて。

「アヤト君ならいいお嫁さんになれますよぉ♪」

「いや、だからお嫁って……って、なんで酒飲んでんだよ⁉」

セレスが急に今まで以上にふんわりした空気になってると思ったら、右手にお猪口、左手に酒瓶を持って顔を赤くしていた。

「あー、セレスって結構お酒好きでね、あの瓶をいつも持ち歩いてるんだ……」

「うふふぅ～、なんだかお蛇とお酒って合いますねぇ……」

清純そうだったセレスが、朝から酔っ払いになってしまった。

そこにようやく起き出してきたアークが、眠そうに欠伸をしながらやってくる。

「あ～……あ？　なんだ、皆もう飯食ってんのか？　だったら起こしてくれたって――」

「うふふ天誅ぅ～」

その姿を見たセレスが立ち上がり、アークが喋っている途中でビンタを食らわせた。

「いぶぅっ⁉」

いきなりの展開についていけず、パチクリと瞬きをするアーク。さすがに目が覚めただろう。

「……おい、なんでセレスの顔が赤く――ぶふぅっ！」

アークの言葉は、再び繰り出されたセレスのビンタにより阻止される。

アークはよろけるが、倒れる前にセレスが胸元を掴む。

「たくさんの女の子に迷惑をかけちゃう人はぁ……こうですぅ～♪」

セレスはのんびりした口調とは裏腹に、凄まじい勢いで往復ビンタをアークに食らわせた。

「……アレをつまみに、飯の続きを食おうぜ」

「アーク、お前のことは忘れない……」

「ぷっ⁉」

ガーランドの言い回しに、ラピィが噴き出す。やはり堅物そうな見た目通りに、そういう冗談を言うことが珍しいようだ。

最初は「ちょっ！」とか「待って！」と口にしていたアークだったが、途中から無言のまま無抵抗に叩かれるようになってしまっていた。

すると今度は、ウルとルウが茂みの方から出てきた。

「兄様、兄様！　何か面白いもの見つけた――」

「あはははははははぁ～っ♪」

手に何かを持ってにこやかに笑っていたウルとルウだったが、目の前に広がっている光景に足を止める。

笑い続けるセレスに胸ぐらを掴まれたアークがビンタされ、その横では俺たちが普通に飯を食っているというのは、ヤバい状況であると子供ながらに判断したらしい。

そして二人は、そのまま静かに後ろへ下がっていった。

しばらくすると、酒が完全に回ったセレスが崩れるように倒れ込み寝息を立て始め、既に意識のなかったアークも地面に転がることとなった。

「……セレスってあそこまで酒癖悪いんだな」

「普段溜め込んでる分、飲んだ時に一気に発散してしまうのだろう」

ガーランドはそう言って、木を背もたれにセレスとアークを寝かせようとする。アークは片手で雑に放り投げ、セレスはお姫様抱っこで運ぶ辺りに紳士さを感じた。

「ところでアヤト君」

蛇料理を黙々と口に運んでいたシャードが、突然俺の名を呼ぶ。

「ん?」

「魔王の城……魔城までの道のりを短縮させる考えは、あったりするのかな?」

……あ。

相当マヌケな面をしてしまっていたのか、シャードは軽く笑いつつため息を吐く。

「まぁ、私たちは六、七日かかったとしても別に構わないが、君たちは急いでいるのではなかったか?」

シャードの言葉を受けて、少し離れたところにいるフィーナが表情を暗くする。

会話には入ってこないものの、チラチラとこっちを見てきてかなり気にしてるようだ。

魔城への道のりか。

腕を組んで唸りながら、色々と考える。

たしかにあまり時間はないだろうな。俺は今朝見た夢の中で言われたことを思い出した。

## 第15話　魔城への道のり

俺はいつものように、真っ白な夢を見ていた。

そしてそこではいつも通り、シトが待っていた。

俺の目の前で。

「いらっしゃ――」

「近い！」

目を開くと、ほぼゼロ距離でシトが浮かんでいた。それはもう、口と口が当たってしまいそうな近さで。

そんなシトに思わずビンタを食らわせてしまう。

「いったぁ……ちょっと、この美少年顔が変形しちゃったらどうしてくれるのさ？」

「そしたら尚のこと殴りやすくなりそうだな。あと神様なら自分の顔くらい自由自在だろ？」

「酷い！　それに神様だからって、何でもかんでも万能じゃないんだよ？」

叩かれた方の頬を膨らませて拗ねるシト。そういえば、なんでノクトと同じ白髪で美形なのに、俺はこいつを躊躇なく殴れるんだろうか？　……生理的な問題かな。

「ねぇ、今かなり失礼なことを考えてない？」

「……いや、そんなことないぞ？　生理的にこいつ受け付けねえなってくらいのことしか考えてない」

「十分失礼だよ!?」

まだ少し赤みが残っている頬を擦りながらそう言うシト。神様でも痛みはあるのか？

「で、俺を呼び出した理由は？」

「あ、そうそう、君にお願いがあるんだ。でもその前に……まずは家族作り成功おめでとう！」

「……あ？」

シトの言ってる意味が分からず、割と低めの声が出てしまった。

「そんな威嚇しないでよ、アヤト君のは結構怖いんだから……ほら、ウルちゃんとルウちゃんのことさ。妹にしたんだろ？」

「……ああ」

そういうことかと納得する。

たしかにウルとルウを妹とし、あいつらは俺を『兄様』と呼ぶようになった。たとえ血が繋がっていなくても、もう立派な家族だろう。

「つまり君は、この世界に繋がりを持ったってわけだ！　いやー、嬉しくなるよ、アヤト君が僕の作った世界に留まろうとしてくれていることに！」

「……そうか、そうだよな」

この世界で大切なものが増えていくにつれて、元の世界に帰りたいという気持ちが薄らいでいた。

元々そんなに大切なものは向こうになかったし、爺さんや両親のことは嫌いではなかったけれど、未練というほどのものはない。

だからなのか、俺はこの世界に腰を据え、骨を埋める気になっていたんだろう。無意識の内に。

「僕が嫌われてるのは悲しいけど、僕が作った世界を愛してさえくれれば、それだけで十分お釣りが来るよ」

シトは笑みを浮かべながらそう言った。

相変わらず何を考えてるかは分かり難いが、その言葉は嘘じゃない気がした。

こいつもそれだけ、自分の作った世界を好いているということか。

シトの意外な一面に、思わず頬が少し緩む。

「それで、本題の『お願い』のことだけど……魔城に向かうのを、少しだけ急いでほしいんだ」

ここにきて急げということは、ペルディアの身に何か起こった可能性がある。

「……ペルディアは生きているのか？」

「うん、瀕死」

サラッとどっちなのか分からない返答をするシト。

何、生きてんの？　死んでんの？　いや、瀕死っていうなら生きてるけど死にかけてるって感じか……紛らわしいな⁉

「いずれにせよ、あまり時間がないってことか」

「そう。あのグランデウスっていう、いかにも物語の中盤(ちゅうばん)でそこそこ強い中ボスとして出てくる奴みたいな感じの男に、それはもう口では言えないくらい……たとえるなら薄い本にされてしまいそうなあんなことやこんなことを……！」

シトは口元を隠して「ヨヨヨ……」と崩れ、わざとらしいリアクションを取る。

「うるさいよ。シリアスな雰囲気で言わないってことは、多少時間はあるって捉えていいんだな？」

俺がそう言うと、シトは『テヘッ』と舌を出してウィンクする。

「あっ、ごめん、いつものテンションになっちゃった♪　……まぁ、彼女も一応魔族だから生命力は強い。だけどそれもいつまでもつか分からないし、酷いことをされているのも確かだから、精神的な方もマズいかもって状況」

そしてまた、いつもの笑みを浮かべる。

「そうか、ならどうするか……」

本当にヤバいなら、ノワールに魔城まで繋げてもらうという手もあるが……

「あ、そうだ！　先に言っておくと、今の魔城に空間魔術で転移するのは無理なんだ」

「……は？」

俺の考えを読んだかのようなタイミングでの急なカミングアウトに、驚きを隠せなかった。

空間魔術が使えない？

『どういうことだ？』と俺が口にする前に、シトが言葉を続ける。

「君たちが魔空間と名付けたあの場所に移っている間に、魔法魔術を阻害する結界が魔族大陸の広範囲に張られちゃったみたいなんだ」

「魔法魔術を阻害……？　それって、魔空間から出られなくなるんじゃないか？」

「いや、出る分には問題ないよ。『中にいる者の魔法魔術の発動を阻害する』っていうタイプの結界だから、別空間にいる君たちには効果が発揮されていないからね。ただ、一度魔空間から出てしまえばその時点で使えなくなると思ってくれ」

出た時点で、か……移動方法を考えないとな。

「あ、それと……白い少女に気を付けてね」

シトはそう言って、困ったように笑うのだった。


なんていう夢を見た……これ言うと、実際は何も無かったみたいになるな。

ともあれシトの情報を踏まえると、たしかにシャードの言う通り、一週間近くかけるような時間の余裕はないんだよな。

かといって空間魔法での転移は不可能。

となると、走るくらいしか急ぐ手段がないんだが、それだと個々人で差が出るからなぁ。

であれば……

「俺がフィーナをおんぶして、二人で先行するってのはどうだ？」

「え、やだ……」

ガチで嫌そうな顔で即答しやがった。

「だって、あんたに背負われるんでしょ？　……なんか嫌。二人ってのも嫌」

「なんで生理的に受け付けないみたいになってんだよ。いつもは『裸を見せても反応が薄くてつまらない』みたいな文句言うくせに」

俺がそう言うと、フィーナは「ちょっ⁉」と顔を赤くし、ラピィたちが「え、裸を見せ……⁉」なんて反応する。

しかし俺は気にせず続ける。

「しかもこないだ酔い潰れた時なんか、おんぶして連れて帰ってやったのは誰だと思ってんだよ」

「ぐっ……！　でもそれとこれとは別よ！」

顔を真っ赤にして、全力で拒絶するフィーナ。

こりゃしょうがないな、ボツだ。

「じゃあ、でっかい板の上に全員乗せて、俺が引っ張って運ぶっていうのはどうだ？　ソリみたいな感じで」

これなら全員で行けるしスピードも出せるしで問題ないだろ。

「なぁ、それ……俺たち死なねえか？」

メアが不安げに言う。死ぬって大袈裟な……

「大丈夫だろ。最悪、今食ったものが出てくるかもしれないってだけの話だ」

「何も大丈夫じゃねえじゃねえか」

かなり冷静にツッコミをしてくるメア。

フィーナはというと、唸りながら悩んだ末に答えを出す。

「いいわ……乗ってやろうじゃない、ソレに！」

意を決したように、そう言い放つフィーナ。よっぽど一つ目の案が嫌らしい。

メアたちも「しょうがないか……」と渋々といった感じに案に乗ってくれた。

「ならよかった……ああ、そうだ、メア」

俺の呼びかけに「ん？」と蛇を頬張りながら首を傾げるメア。

「お前にコレを渡しておくよ」

「……はに？」

メアは口にものを入れたまま、俺の差し出した物を受け取る。

それは細長い、棒状のモノだった。

メアはようやく口の中のものを呑み込み、興味津々にそれを眺める。

「これって……もしかして武器か⁉」

「ああ、俺の自作した武器、刀だ」

メアがその刀を空に向かって掲げ、嬉しそうにする。

こいつには冒険者になったら武器を作ってやるって言ってたしな……いや、まだ冒険者になったわけじゃないけど、魔族大陸をこれ以上進むならちゃんとした武器も必要だろう。

「あは～、マジか！　アヤトの作った武器……って、なんだこれ？　鍔のところがぐるぐる巻きにされてて抜けなくなってるぞ？」

　抜けないように紐で固定されているのに気付くと、すぐに不満そうにするメア。

「そう不貞腐れるな。それはまだお前には扱えないもんだから、とりあえず渡すだけだ。使い方はまた追い追い教えるからよ」

「えぇー……まぁ、いいけどよ……」

　不満を隠しもせず、口を尖らせて不機嫌になってしまう。しかしすぐに口角を上げて、嬉しそうにするメアだった。

　一方で、目の前で新しい武器を渡されたメアが羨ましかったのか、ミーナが俺の膝の上に頭を乗せてジッと見てくる。

「ジーッ」

　相手にせず飯を食おうとしたら、終いには口に出しながらジト目になっていた。

　あまりの熱視線っぷりに、思わずため息が出てしまう。

「ミーナにもカイトにもリナにも、弟子であるお前ら全員分、また作ってやるよ」

　カイトが小さくガッツポーズし、リナが口角を上げて両手を合わせ、ミーナは嬉しそうに俺の膝に頭を擦り付けてから元の位置に戻っていった。やれやれ……

　その後、飯も食い終わってセレスたちを起こし、魔空間を出ようとしていた……のだが。

「うわーん！　ウルちゃんたちと離れるの寂しいよ～！」

　ラピィがウルとルウを抱き締めて駄々をこねていた。

　ラピィは最初、ウルたちの目が不幸の象徴であるオッドアイということで距離を置こうとしていたらしい。

　だが、ウルたちが自分の真似をするのを見ているうちに可愛らしく思えてきて、どうでもよくなったのだという。

　ウルたちもかまってもらえて嬉しかったのか、彼女の後を付いて回っていた。

「ウルもラピィ様と一緒にいたいです！」

「ルウも！」

「ウルちゃん……ルウちゃん……！」

　ウルたちの言葉に感激したラピィは、目をうるうるとさせる。

「ならもう私たちは姉妹だよ！　私のことは姉様と呼んでいいからねっ！　ひしっ！」

　ちゃっかり自分の呼ばせ方をリクエストしつつ、わざとらしく擬音を口にして二人をギュッと抱き締めるラピィ。図々しいな、こいつ。

「ラピィ姉様！　ひしっ！」

「ひしっ！」

ウルたちも擬音を口真似し、ラピィを抱き締める。あっ……

「あだだだだだっ⁉」

二人の怪力に抱き締められたラピィの体から、ミシミシと危ない音が聞こえてきた。

「ウル、ルウ！　力は加減しないとラピィが死ぬぞ」

「「え……」」

二人が気付いて力を抜いた時には、ラピィはぐったりとして既に屍（しかばね）と化していた。マジの瀕死じゃねえか。

「「ラピィ姉様！」」

呼びかけに反応しないラピィに、俺はため息を吐きつつ回復魔術をかけてやった。

そんなやりとりを見ていたガーランドは、ウルたちのことが気になったようだ。

「アヤト殿……まさかその子供二人も……？」

「特別だ♪」

「そうか……」

ちょっと楽しそうに答えると、それ以上の追及は来なかった。

しばらくするとラピィは「ハッ、お爺ちゃん⁉」と愉快（ゆかい）なセリフと共に起き上がり、無事を確認したウルたちは優しくラピィに抱き付いた。

　これでようやく出発できるな……と、その前に、ウルとルウ、ベルとクロを屋敷へと帰さなきゃな。俺は屋敷に繋がる出口を作る。

「悪いな、当分はここに戻ってこれないかもしれないから、お前らの世話はエリーゼに任せることにしたよ」

「分かりましたの！　行ってらっしゃいなの、兄様！」

「メア様たちも、行ってらっしゃいです！」

　そう言ってウルたちは一礼すると、屋敷に繋げた裂け目の中へと入っていった。

　するとウルたちとの別れを惜しんでいたラピィが不思議そうに聞いてくる。

「当分帰って来れないってどゆこと？　ここっていつでも出入りできるわけじゃないの？」

「普通ならな。だけど外は今、魔法魔術の発動を阻害する結界が張られてるらしい」

　俺の言葉でさらに困惑した様子を見せるラピィ。

「らしいって、誰が言ってたの？」

「とある知り合い」

「何してる人？」

「皆知ってることしてる人」

「いつ聞いたの？」

「今朝」

「どんな人？」

「生理的に受け付けないけど嫌いじゃない人」

ラピィの疑問には全て答えてやったのだが、頬を膨らませて不満そうな表情をされた。

「もうっ！」

「どうした、牛にでもなりたいのか？」

「いっそなりたいよ！　お腹じゃない方の一部分だけなら！」

おそらく胸のことを言ってるであろう、ヤケになったラピィの言葉に「プッ！」と噴き出すアーク。

するとラピィが急に真顔になって、アークの股下スレスレにナイフを投げ付けた。

「アヤト君って、結構隠し事が多いよね？」

真顔のままラピィが問いかけてきた。

「そうだな、秘密を多く持つのは女の専売特許だというのに」

股間を掠り、地面に刺さったナイフを見つめるアークを尻目に、シャードがそんなことを言う。

「秘密の多い男も、それなりに魅力的だろ？」

適当にそんなことを言ってあしらおうとすると、シャードが真剣な表情で見つめてきた。

「……たしかに悪くないかもしれんな」

割と本気っぽいトーンだ、コレ。

そんなシャードの反応にメアとミーナが驚きの表情を浮かべ、そうかと思ったら不安そうにこっちをチラチラと見てきた。なんなんだ、あいつら……

「隠し事が多いか少ないかなんて、人それぞれだろ？　それに隠し事が多いって言っても、結構お前らにバラしてるし……そんなことより、早く行こうぜ」

俺はそう言って屋敷への裂け目を閉じ、再び空間に裂け目を作った。

## 第16話　赤い月

降り立ったのは、昨日魔空間への入り口を作った場所だ。

俺が先行したのだが、何か違和感のようなものがあった。

「……なんだ、これ？」

森の空気が違う？　いや、これはそういうのじゃない。

自分の体が押さえ付けられているというべきか……ああ、これか、魔法魔術の阻害というのは。たしかに魔法の一つも出せる気がしないな。

それに他にも違和感がある。

俺たちは今、朝食を済ませたばかりで外に出ている。にもかかわらず辺りが暗いのだ。まるでまだ夜が明けてないかのような……

気になってふと見上げると、真っ暗な夜空が広がり、赤い月が上っていた。

「これも異世界ならではの光景かな？」

そんなことを言っていると、俺に続いて出てきたセレスがフラリと倒れそうになる。それを咄嗟にガーランドが支えていた。

「どうした？　さっきの酒が抜けてないのか？」

「いえ、それは解毒薬を飲みましたからぁ……アヤトさんは気が付いていますかぁ？」

青い顔で聞いてくるセレス。酔いを解毒薬でって……なんちゅう使い方してんだ。

「この押さえ付けられる感じのことを言ってるのか？　それとも明けてない夜のことを言ってるのか？」

「……たしかに。朝にもかかわらず、夜のような暗さだ。これは一体どういうことだ？」

ガーランドが周囲を見渡していると、我慢できなくなったセレスが崩れ落ちて吐いてしまう。

「お、おい！」

「申し訳……っ！　ありません……アヤトさんが先程おっしゃっていた、魔法魔術の発動、ひいては構成を阻害する結界がたしかに張られていますぅ。私のように魔力の多い魔術師はこの結界内にいると……うっぷ⁉　目眩や吐き気などの症状が出るのですぅ……」

なるほど、それでそんなことになっているのか。

そう納得していると、セレスが言葉を続ける。

「はい……でもそれ以上におかしい、大気中の異常な魔力ですぅ。あまりにも濃い魔力が漂っているせいで……辺りがまるで夜になっているように感じるんです……」

セレスの話を聞いていたノワールが、鼻で笑ってその横に立つ。

「その程度で『魔力が多い』とは……自惚れも程々にしておけ。貴様のは『中途半端』というのだ。本当に魔力が多いというのは、アヤト様のようなことだ。純度が高く、並の人間の目には見ることすら叶わない至高の――」

「あー、はいはいそこまで！　セレスも怖がってるし、俺も恥ずかしいからそこまでにしておけ」

セレスを見ると、さっきから体調が悪いのが相まって産まれたての子鹿みたいに足をガクガクとさせていた。

その姿にノワールは呆れたように大きくため息を吐いた。

「いいえ、言わなければなりません。アヤト様の素晴らしさを知っていただくというのもありますが、何より身の程を知っていただかなくては。でないとそのゴミ虫……失礼、セレス様は長生きできないでしょうから……もっとも――」

ノワールが邪悪(じゃあく)な笑みを浮かべると、セレスは短い悲鳴を上げて固まる。

「命などどうでもいいなら構いませんがね」

ノワールはそのまま、クフフと笑いながら空間の裂け目の裏側へと行く。

あれで一応、後ろから敵が来ないか見張ってくれているんだよな……

セレスの看病をしながら全員が魔空間から出たのを確認する。

この状態のセレスは正直言って足手纏(あしでまと)いにしかならないと思うが……まぁ、そこはこいつも大人なんだ、この大陸に来た時点で自己責任っていうのは分かっているだろう。

「全員、忘れ物はないか？　この裂け目を閉じたら、当分は帰れないぞ」

ゲームなんかでラスボス手前になると『これが最後のセーブになります。心残りはありませんか？』という注意が出てくることがあるが、今の俺のセリフ、めっちゃそれっぽいな。

なんて考えていると、「はーい！」と元気な声が返ってくる。遠足か。

……と、そうだった。

「俺が忘れ物してたわ」

「何やってんのよ、あんた……しっかりしなさいよね？」

そんなオカンみたいな活をフィーナから入れられつつ、魔空間に一瞬だけ戻ってすぐに帰ってくる。

「あら、早いわね——」

戻ってきた俺を見てフィーナは絶句した。

俺の手には紐。その先に繋がっているのは、いくつもの丸太が組み合わさった板……さっき言ってたソリだ。

中は座りやすいように、椅子と手すりを付けてある。

忘れ物はこれだけなので、裂け目を閉じる。

「よし、乗れ」

「『よし、乗れ』じゃないわよ！　何よこれ、この一瞬で作ったっていうの⁉　ていうか本当にこれに乗るなんて……⁉」

俺の作ったソリをバンッと叩き、『ありえない』とでも言いたげな表情を浮かべるフィーナ。

「いやいや、海で使おうと思って作っておいた筏(いかだ)をちょっと改造したんだよ。まさかこんな使い方をすることになるとは思ってなかったけどさ。それにしても……まさか天下のフィーナ様ともあろうお方が、ソリに乗るのが怖いんですかぁ？」

バカにするような言い方をすると、フィーナはキッと俺を睨む。

「分かりやすい挑発しないでよ！　……はあ、分かってるわよ」

ため息を吐き、諦めた表情になってソリに乗ろうとする。

そんな時――

「キイヤァァァァッ！」

「「っ!?」」

耳をつんざく女の悲鳴、もしくは叫び声のようなものが周囲に響く。

同時に、上から何かに押さえつけられるような感覚に陥り、俺やノワール、ヘレナ以外が中腰に沈む。

「これは……？」

俺の疑問に答えるように、ソレは現れた。

「アァァァァァッ！」

木々を薙ぎ倒しながら進むナニカ。

段々と近付いてくるソレは背筋がゾッとするほどにおぞましい姿をしていた。

木々を掻き分けながら迫って来ているのは、無数の人の腕だった。

まるで俺たちを地獄へと引きずり込もうとでもしているかのように、こちらに向かってくる。

「全員、走れぇっ！」

それを見た俺は大声で一喝。やっと全員がハッと正気に戻り、恐怖に駆られたカイトたちが、向かってくるソレに背を向けて走り出した。

しかし、リナとセレスがあまりの恐怖に、腰が抜けてしまっている。

「――クソッ！　ガーランド！」

おそらく殿を務めようとしていたのだろう、ギリギリ踏みとどまっていたガーランドに呼びかけて、ぐったりとしたセレスを放り投げる。

「少し濡れてるが、お前の部下なんだから我慢しろよ？」

「お、おう？」

ガーランドは何のことか分からないまま、セレスを背負い走り出す。

分からないなら分からないで、濡れている原因が下半身から漏れ出てるモノだということは言わなくていいだろう。

俺もリナを脇に抱え、後ろ向きで走りながら追ってくる奴の正体を見ようとする。

しかし追ってくるのは腕、腕、腕……青白く細い女のような腕が、視界を塞ぐほどのおびただしい数でやってくる。

それは何かを求めるように、先へ先へと手を伸ばしてきていた。

一見ただの細腕だが、その一本一本の膂力が尋常ではない。

掴まれた木の一部は握り潰され、押された木は薙ぎ倒され、その腕たちが通った後には何も無くなり、一本の道が出来上がっていく。

「なんですかあれ⁉　なんですかあれぇっ⁉」

カイトが涙目になりながら、パニック状態で走り続けていた。

ラピィやアークも似たような状態、ミーナは焦りながらも先頭を走っている。ただその中で一番パニックになっていたのはメアだった。

「うあぁぁぁっ！　ヒッグ……えぁ……あああああああっ!?」

めっさ号泣していた。

そういえば屋敷を手に入れる時も怖がってたな、あいつ。

ミーナは逃げるのに慣れてる感じだが、メアは女としてどうなんだってくらい涙と鼻水で顔をぐちゃぐちゃにしながら、全力で猛ダッシュをしていた。

王女という立場も女のプライドもかなぐり捨て、生を掴もうと必死な一人の人間と化している。

そして人間というのは往々にして、自分より騒いでいる奴を見ると逆に冷静になるものだ。

メアのその姿を見たカイトやガーランドたちは、冷静さを取り戻していた。

「……奴はギュロス。最近発見された危険種の一種だ」

どうやら、冷静になったことでガーランド先生の魔物講座が始まるようだ。

「ガーランドセンセー、危険種ってなんですかー？」

俺のふざけた物言いにフィーナが噴き出し、ガーランドがありえないものを見るような目を向けてくる。

しかし状況が状況なので、すぐに真顔に戻った。

「危険種というのは、強さの階級が測れない魔物のことだ。こいつの場合、対処の仕方に問題がなければそこまで面倒ではない種なのだが……この個体は既に手に負えないレベルにまでなってしまっている。誰かが手負いにさせて放置したらしい」

「悪質だな」

まさか魔王が差し向けた奴とかか？　……ありうるな。

「ぎゃっす!?」

考え込んでいた俺だったが、メアが転んで上げた少女らしからぬ悲鳴で我に返る。

俺と並走していたガーランドも『ぎゃっす……？』と呟いていた。

その異様な悲鳴のおかげか、先頭を走っていたミーナがハッと気付いて振り返る。

「メア！」

ミーナはすぐに引き返して、転んだメアに手を差し伸べる。

「ミーナ……」

上半身を起こしたメアは、涙目になりながらもミーナの手を掴もうと腕を伸ばした。

……が、あまりにも大量なギュロスの腕が押し寄せてくる光景を目にしたミーナは、差し伸べていた手を止め、そのまま振り返って脱兎のごとく走って逃げてしまった。

見捨てられたメアは目に涙を浮かべる。どうやらミーナも、生存本能には勝てなかったようだ。

「ミーナァァァッ!?」

すると代わりに、俺の少し後ろを殿として走っていたヘレナが立ち止まって振り返る。

「告。ここはヘレナが足止めします」

ヘレナはそう言うと、その両腕を変化させる。

以前のように竜の腕になったのかと思ったが、違った。

その両腕は、俺が魔竜戦とエリーゼ戦で使用していた竜化した籠手そっくり、いやそのものになっていたのだ。そうか、あの籠手はヘレナ自身だから、ヘレナの腕があぁなってもおかしくはないのか。

俺が納得していると、そのヘレナに向けて、いくつもの腕が伸ばされ襲いかかっていった。

「……ふっ！」

ヘレナは拳を腰の後ろに引き、放つ。

――パパパパンッ！

複数の破裂音(はれつおん)が聞こえると同時、ヘレナに襲いかかっていた腕が全て弾かれていた。

俺は「おお！」と感心してヘレナに声をかける。

「あまり無理はするな、時間が稼げれば十分だ！」

そう言いながら俺は、メアを空いてるもう片方の脇に抱え込む。

「了……しかし、仮にヘレナがアレを倒してしまっても構いませんね？」

「このタイミングで死亡フラグ立てるなよ……」

俺がそんなツッコミを入れている間にも、ギュロスの腕が次々にヘレナへと襲いかかり、ついにはさばききれないほどの勢いになっていた。

「告。やはり人間の姿はまだ慣れないため動きが鈍い――ぶっ！」

言い訳しながらも奮闘していたヘレナだったが、一分ほどで腕の津波に呑み込まれてしまうのが見えた。

「おい、フラグ回収早過ぎだろ」

俺は呆れて呟いてしまう。

まぁ、あいつは頑丈そうだし、アレに巻き込まれたぐらいでは死なないだろう。

そんなことを考えているうちに、ようやく開けた場所へと辿り着いた。

「よし、ここであいつの相手をするぞ！　ヘレナがそれなりに足止めしてくれたから、皆構えろ！」

俺は皆に立ち止まるように告げ、メアとリナを下ろす。

ガーランドもセレスを下ろし、後ろの方の木に寄りかからせて休ませる。

その時、丁度ヘレナが呑み込まれた辺りから轟音が聞こえてきて、さらに何かが空中に打ち上げられたのが見えた。

そして打ち上げられたソレはそのまま俺たちの近くに落下する。

まさかギュロスかと思い一瞬身構えたが、立ち上がったのはヘレナだった。

「……告。ただいま帰りました」

「……おう、おかえり」

服は多少破れているが、本人はなんともなさそうな感じで言ってきたので、俺も少し戸惑いつつも普通に返してしまった。

どうやって脱出したんだこいつ。

「告。新しい服をください」

「残念だったな。収納庫が使えないからお前の着替えはないよ」

「あるじゃないですか……そこに」

ヘレナは表情をピクリとも変えずに、俺を指差してくる。

「俺の今着てる服寄越(よこ)せってか!?」

「肯。あの太くて長いもので汚(よご)されてしまったヘレナに、どうかお恵みをぉ……」

変な言い回しをした上に人の服を奪おうと近付いてきたアホな子(ヘレナ)の頭を、俺はそっと掴んで地面へと埋めた。

「何やってんの、あんた⁉」

いつもの調子でフィーナがツッコミを入れる。

だってしょうがないじゃないか。ヘレナが変態なんだもの。

「さて、ヘレナも無事だったところで、ささっとギュロス対策を練りたいんだが……」

あんたのせいで無事じゃないわよ、とでも言いたげなフィーナの視線は無視。

「なあガーランド、ギュロスってあんなに大量の腕を持ってるやつなのか？」

あの腕は、あまりにも多すぎる。ガーランドが言っていたような、対処を間違えなければそこまで面倒ではない種とは思えないのだ。

「……いや、腕の数は本来なら二十本前後だ。だが腕を切られれば、その切り口から腕が再生増殖するという特性を持っている。つまり誰かが大量に切りつけたということだな……誰だか知らんが面倒なことをするやつだ」

フッと笑うガーランド。

「なるほど、であれば剣類は使えないか。魔法魔術も使えないしどうしたものか……と、お出ましみたいだな」

俺がそう言ったタイミングで、俺たちのいる広場へとギュロスが侵入してくる。

そしてとうとう、ギュロスという魔物の全貌が明らかになった。

# 第17話　ギュロス

以前戦った巨大ミミズのような化物、ビッグワーム。それを一回り小さくした図体が、全身から生えた大量の腕によって支えられ、こちらへと向かってくる。

頭らしきものはなく、代わりに腕の生え際の隙間から、いくつものギョロギョロした目が動いているのが見える。

そして先端らしき部分が二つに割れたかと思うと、そのまま胴体の半分ほどまで裂け、金切り声を発した。

「キィヤァァァァッ！」

同時に、あちらこちらと視線がバラバラだったギュロスの全ての目玉が、一斉に俺たちを捉える。

ゾッとする光景だった。

もしこれがB級ホラー映画だったら、リアリティのないＣＧだとバカにできるが、実際に目の前で体験すると足が竦みそうになる。

現にメア、カイト、リナは既に戦意喪失寸前な様子だった。

一方でミーナは冒険者として魔物慣れしているのか冷静に武器を構え、フィーナは魔法魔術が使えないにもかかわらず、構えを取っていてやる気満々だ。

「お前ら、死にたくなかったら武器を構えろ！　無理に倒そうとはせず、自衛に努めて生き残ることを意識しろ！　よほどのことがない限り、敵を切らないようにしろよ！」

「な、殴るのはアリですかね……？」

恐る恐るとカイトが聞いてきたので、『どうなんだ？』とガーランドに視線を送る。

「ああ、切らずに殴るだけなら問題ない……このようにな！」

気合を入れて叫びながら突っ込むガーランド。

ギュロスは数本の腕を伸ばして捕まえようとするが、ガーランドは背負っていた大剣を、鞘（さや）から抜かずそのまま殴り付けた。

バキッと人の腕を折った時と同じ音が鳴り、ギュロスの腕が大きく曲がって動かなくなる。

ガーランドは他の腕も同じように叩いて折りつつ、ギュロスに向かって前進し始めた。

体格に似合わない俊敏（しゅんびん）さで剣を叩きつけ続けるガーランド。

そしてノクトも、武器を持たずに素手のまま突撃した。

「ハァァァッ！」

これまでの柔らかい雰囲気ではなく、こちらまで伝わるほどにピリピリとした殺気を纏い、素早い打撃を打ち込んでいく。その小さく華奢な体のどこから出ているのか想像も付かないほどの、圧倒的なパワーとスピードを発揮していた。

その二人に続いて、ラピィとアークも突っ込んでいった。さすが冒険者だな。

「……んじゃ、俺たちも修業開始と行くか！」

「「マジでっ⁉」」

俺が明るく言うと、揃って驚きの表情を浮かべるメアとカイト。

「いやいや、待ってくれってアヤト……今、あいつらが戦ってくれてるじゃん？　そこに俺たちが入っても邪魔にしかならないって……」

「そうですよ、師匠。何も無理に難易度の高い魔物に挑戦しなくてもいいんじゃないですかね？　ほら、今回は見学ってことで……」

「お前ら、幽霊とかホラー関係になると本当にダメだな？　それに見学っつったって……」

そこで言葉を切って再び視線をギュロスの方に向けると、既に何本かがこっちに向かってきていた。

「もう来てるぞ」

「「イヤーッ⁉」」

メアとカイトが同時に悲鳴を上げる。

俺の所にきた三本は切れないように加減しつつ手刀で叩き折り、他の奴らに向かって行ったのはスルーした。

「ッ……力、強……！」

ミーナは正面から受け止めてしまい、そのまま後ろに引きずられていく。

メアとカイトも、怖がりながらも殴って応戦していた。

「おりゃ！」

メアがかけ声と共に、さっき渡した刀を鞘に入ったまま振るい、ギュロスの腕を叩き折る。

そしてそのまま、刀が地面にめりこみ、メアが驚愕の表情を浮かべる。

「あ……ありのまま今起こったことを話すぜ！」

「いや、いい。お前が言わんでも、作った俺が何が起きたか知ってるから言わんでいい」

そんな話をしている間にも、ギュロスの手は伸びて襲いかかってくる。

メアに渡した刀は、この世界にとってはありきたりな『魔鉱石』という素材で作ったものだ。

魔鉱石は一見ただの鉄なのだが、普通の鉄に比べて遥かに加工しやすい。

加えて魔力を注ぎながら鍛造することで、強度が上がるという性質もあるのだ。

その強度は魔力の量によって左右される。つまり俺の大量にある魔力を注げば、かなり強力な素材になるのだ。

そういうわけで、高性能な武器の作成が容易なのである。正直なところ、そこらの店売りのやつよりよっぽどいい武器だという自信がある。

もっとも、刀に関してはまだまだ満足のいく出来ではなく、メアに渡したもの含めて試作段階なのだが……。

ともかく、メアに渡した刀の鞘は、軽く振るだけで地面を凹ませるほどの強度を誇る。刀自体は扱えないから抜けないようにしているが、鞘付きのまま振り回すだけでも、武器としては十分なのである。

「いいか、さっき渡した時に言った通り、お前にソレはまだ扱えない。だけど今みたいに殴るだけで十分だって分かっただろ？」

「おう！　……アヤト、俺やっと分かったぜ」

メアが悟ったような笑いを浮かべてそう言う。

なんだろう、いい笑顔だけどズレたこと考えてそう。

「殴れる奴は怖くねぇってな！」

ドンッと仁王立ちをし、脳筋みたいなこと堂々と言い放ったメア。そうじゃねえだろ。

とはいえ、怖がって慌てふためくよりマシか。

「よし、迷いがなくなったのならば、ゆけぇい！」

「っしゃあ！」

俺のふざけた号令に、元気よく応えて突っ込んでいくメア。

双方ノリノリである。

正直なところ、武器の威力に振り回されないか心配だったのだが、自分に向けられた攻撃を全て打ち払えている辺り、注意散漫というわけでもなさそうなので、当分はあのままで大丈夫だろう。次は……

「うおぉぉぉっ！」

「えい」

必死に鞘付きの剣を振り回すカイトと、身軽さを利用して腕から腕へ蹴って飛び移るミーナ。

リナはなるべくギュロスの射程に入らないくらいに離れ、弓を放っている。

「ああっもう！　魔術が使えないなんて最悪……なんであたしがこんな目に遭わなきゃいけないのよ⁉　あのグランデウスって奴、会ったら絶対ぶん殴ってやるわ！」

フィーナはフィーナで、そんな文句を言いながらも、襲いかかってくる腕をへし折っていた。本人は嘆いているが、魔術が使えなくとも十分逞しいと思う。

そして一人、戦いに参加せず俺の背中にピッタリくっ付いている奴がいた。

「……お前は戦わないのか、シャード？」

俺を盾にするように後ろに隠れ、なぜか俺の服の袖をちょこんと可愛らしく摘んできているシャード。

「ハッハッハ、今まで室内でしか生きてこなかった、か弱き乙女が戦えるのかと思っているのか？　ほら見ろ、腕、胸、尻、足……どれも贅肉だらけではないか」

「自嘲してんのか自慢してんのか分からんところだな……んで、戦う手段は本当にないのか？」

俺がそう聞くと、シャードは「ふむ」と一瞬考え込み、自らの胸の谷間に腕を突っ込んでまさぐる。

こんな時に何をしているのか、と聞こうとしたところで、一つの試験管のような瓶を取り出した。

「これを奴の胴体、というか、目に当ててきてくれないか？」

「……なんだこれ？」

瓶の中には、茶色と白の粉が入っていた。

とりあえずそれを受け取るだけ受け取っておく。

「ああ、そうだ。投げる前に彼らを避難させておいてくれ。予想通りの効果が出れば、あのギュロスという魔物が暴れるからな」

どういうものかを説明せず、そう指示してくるシャード。

言われるがままに指示に従ってみる。

「全員、後ろに下がれっ！」

俺の声を受け、全員が後退し始めた。

ギュロスの手が皆を追いかけるように伸ばされるが、俺はその隙間を縫って瓶を投げ、ギュロスの胴体、もとい目玉へと当てた。

衝撃で瓶が割れ、中の粉が撒き散らされる。

「キィイイ……ッ⁉」

効果は一瞬で現れた。

体中にある目玉が一斉に開き、蠢いていた全ての腕も動かなくなる。

お、これは……？

「う、動きが止まった……？」

「やったか？」

期待した次の瞬間、戸惑うラピィに続き、アークが見事にフラグを立ててくれた。

はい、倒せていないことが確定しました。

「キャアァァァアッ⁉」

そして予想通り、停止していたギュロスが今まで以上の叫びを上げ、腕を無造作に振るい始める。

「さっきより状況悪化してないか？」

「ああ、だから言っただろう？　暴れるぞ、と」

俺が言いたいのは、ダメージをあまり与えてもないのにああなってしまっているということだ。無駄に刺激しただけじゃねえか。

「――っと！」

勢い余ってこっちに伸びてきた腕を右手で弾く。

その時、無意識に竜化した籠手を出現させてしまっていたので、ついでに弾いた腕を掴んで握り潰した。さすがに素手じゃ握り潰すのは無理だからな。

「まるで姫を守る騎士様だな？」

「間違ってはないだろうな。女を守ってるってところは同じなんだから」

「っ！　……はは、これはたしかに……他の娘たちが夢中になってしまうのも分かる気がするね」

少し赤く染めた頬を人差し指で掻きながら、シャードがそんなことを言う。何を言ってるんだ？

と、そんな考え事すらも許すまいと、ギュロスの腕が一斉にこっちに襲いかかってきた。

「くっ……！」

「師匠、これはっ……!?」

ただでさえ膂力が強いにもかかわらず、物量で攻めてくるギュロス。

ガーランドとノクトが、メアやカイトたちの分もフォローしながら戦ってくれているが、さすがに限界だろう。

そろそろ俺が出た方がいいか……

どこから突っ込むのが効果的か、視線を巡らせて考えていると、メアの刀の鞘の部分が掴まれてしまっているのに気付いた。

「お、おい！　この……！」

掴まれた刀を取り返そうとメアも柄を握って力むが、ただの人間の少女と魔物では、その力の差は歴然。

普通に考えれば一瞬で負けてしまいそうなものだが、メアは意外にも踏ん張っていた。

「返、せ……！」

「無理だよ、メアちゃん！　一旦離して、あいつを倒した後に回収しようよ！」

説得を試みようとするラピィ。しかしその声はメアに届いてないのか、あいつは一向に離そうとしない。

そんな時、刀からプチプチと何かの音が聞こえてくる。

刀と鞘を縛って固定していた紐が千切れかかっていたのだ。

そして——ブチンッ！

気持ちのいい音と共に、刀を縛っていた紐がメアとギュロスの引っ張り合う力に耐えきれずに千切れ、刀身が出てきてしまった。

「綺麗……」

ラピィがそう呟き、他の奴らもメアの持つ刀に目を奪われていた。

人を殺すという一点に特化させた俺の刀は、人を惹き付けるほどに美しく、妖しく光っている。

しかしその刀に目を奪われていない人物が、その場に二人。

俺と、刀を持ったメアだった。

「……返せって言ってんだろうがよ……」

刀が抜けた勢いで数歩後退したメアから、今までに聞いたことがないくらいに低い声が発される。

同時に髪がほのかに発光し始め、刀を掴んでいたギュロスの腕が離れた。

「それはアヤトに貰ったもんなんだ……てめえの汚ねえ手で触っていい代物じゃねえっ！」

怒りのこもった叫びに同調するかのように髪の発光が強くなり、剥き出しになった刀身に炎が纏わりついた。

メアはそれを上段に構え、思いっ切り振り下ろした。

刀から解き放たれた斬撃、そして後を追うように続く大きな炎の渦。

斬撃がギュロスの体を縦半分にぶった斬り、直後、炎の渦が全てを包み込む。

炎に包まれたギュロスの体はあっという間に灰になり、千切れ吹き飛ばされた数本の腕を残して、あれだけあった大量の腕も、全てが燃え尽きた。

「は、はは……ざまぁみろ……」

メアはそう言いつつフラフラとしながら、落ちている刀の鞘を拾うために前に進む。

そしてしゃがんで鞘に触れると、そのまま意識を手放した。

「……お疲れさん」

俺は小さくそう言って、倒れる前に抱えてから地面に寝かせてやる。

「ねえねえ、今の凄いね!? アヤト君が教えたの？」

「結界があるというのに発動するとは珍しい魔術でしたねぇ……それとも、そもそも魔術ではないのでしょうかぁ？ しかし剣士でありながらあれだけのものを使えるのなら、冒険者になればあっという間にSランクにもなれますよぉ？」

メアの使った技に興味を示すラピィと、休みながらも驚きの表情を浮かべるセレス。

ガーランドは唖然としていて、アークとノクトは「凄かったな」なんて呑気(のんき)に会話している。

しかし、今の技は教えたこともなければ、今まで使ったところを見たこともない。そもそも、なんで結界の中で使えたんだ？

知っていたか？ という意味を込めてミーナに目をやるが、首を横に振られた。

ということは、俺たちの知らない技を今回ぶっつけ本番で使ったというわけだ。元々使えていた技というより、何かをきっかけに火事場の馬鹿力を発揮したというのが、一番近いだろう。

まあ、新しい技が増えるのはいいことだ。自分の意思で扱えるようにしなくちゃな……などと今後のメアの修業方針を考えていると、吹き飛ばされていたために炎に巻かれず無事だったギュロスの腕が、指の力だけで動き回って俺の目の前に飛んできた。

俺は焦らず、籠手を出現させたままだった右手で切り刻む。

動いたのは想定外だったが、これでもうさすがに襲いかかってくることはないだろう……そう思った矢先だった。

――キィイイィン……

妙な高音が鳴り響き、斬った腕の断面から閃光弾のような光が漏れ出てきた――

☆★☆★

一般に、魔物というものは『未知』だとされている。

それはこの世界に住んでいる者ですら全てを解明していないということであり、この世界に来てから日の浅いアヤトならば尚更だった。

メアが胴体を灰にし、腕数本のみを残したギュロスは、もはや動かないと踏んでいたアヤト。

しかし実際にはその腕だけで動き、彼らを襲った。

油断していたアヤトだったが、鍛錬の賜物か、難なくそれを切り刻み――

そして再び、油断してしまった。

切ったらそれで終わりという意識が働いていたのだろう。

それ故に、突然の閃光に対応できなかった。

アヤトたちを包みこんだ光は、そのまま彼らの動きを制限する。

「この光は……アヤト様！」

その光の正体に気づいて叫ぶノワールだったが、彼もまた動けない。

そして同時に彼らの足元に、召喚陣のような模様が浮き上がった。

光に気を取られている彼らはそれに気付かず、ミーナ、フィーナ、カイト、リナ、ノワール、そして顔面を地中に埋められたまま気絶していたヘレナも次々と消えていく。

「メア……！」

薄目を開けてその様子を目撃していたアヤトは、すぐに近くに倒れているメアに手を伸ばそうとする。

だが、先に消えたのはメアではなく、アヤトだった。

ノクトやガーランド、ラピィ、アーク、シャードたちも消え、最後に残っていた気を失ったメアも消える。

その場には静寂が訪れ、本体を灰にされたギュロスの腕だけが残った。

すると、アヤトたちがいなくなったのを見計らったように、全身をフードとローブで包んだ者が現れた。

フードを取ると、黒い髪に青い肌をした魔族らしき少女が顔を出す。

その顔には、酷く歪んだ笑みが貼り付けられていた。

「クッフフフフ……さぁ、これで役者は揃ったわ」

どこかで聞いたような笑い声を上げながら、妖しく笑う少女。その姿が徐々に変わっていく。

黒かった髪も魔族特有の青かった肌も、透き通るような白へと変貌し、目の色も赤く光る。

「こんなに楽しそうなことに仲間外れにするなんて、ズルいじゃない？　皆で楽しみましょうよ……クフフフフフフッ！」

誰に向けたわけでもない独り言とともに、彼女の高らかに笑う声が辺りへと響き渡った。

# 閑話　彼の戦い

「え……いたんですか？　本当に!?」

　驚きのあまり、俺は大声を上げてしまった。

　俺は新谷結城。つい最近、異世界に勇者として召喚されてしまった普通の高校生だ。

　この世界にやってきてしばらく経ったある日、俺が与えられた部屋で寛いでいると、驚くべき情報が飛び込んできた。

「はい、『タカナシアヤト』という名の者は見つかりませんでしたが、ただの『アヤト』という人物が数名いました。調査したところ、老人や幼い子供、漁業を営んでいる中年男性などでしたが、ラライナ王国内に一人、外見的特徴がユウキ様の証言と一致する人物がいるようです……詳細はナタリアが」

　そう俺に話したのは、赤い華やかなドレスを着た黒髪ロングの少女、イリア・カルサナ・ルーメル。この国の王女で、俺を召喚した張本人だ。

　その横には、彼女の護衛であるナタリアさんが立っている。ポニーテールに纏めた淡い水色の長髪に、綺麗な青い瞳が特徴的な女性だ。

ある日突然失踪した俺の親友である小鳥遊綾人が、この世界に来ている可能性がある——根拠は『神様からの手紙』というなんとも胡散臭いものだったが、俺はその一縷の望みにかけて、イリアにお願いしてアヤトの消息を探ってもらっていた。

捜索を頼んでから二、三日が過ぎた今日、ついに有力な情報が入ってきたようだ。

イリアが一つ頷くと、続きを説明してくれるのだろう、ナタリアさんが数歩こちらに近付き、手元の書類を読み上げ始めた。

「掴んだ情報によりますと、『アヤト』の見た目は黒髪黒目で高身長、十代から二十代くらいの若者。いつもムスッとした表情をしているとのことで……」

現時点では、俺が提供した情報とほぼ全部一致している。

これで綾人と合流できれば、一緒に異世界を旅することができる。そう思うと自然とワクワクしてしまったが、続く言葉に耳を疑った。

「……周囲には女性を複数人侍らせ、執事も一人、ほぼ常に連れているそうです」

「……ん？」

今、信じ難い言葉を聞いた気がしたのだが。

え、女性を複数人侍らせてる？　執事を連れている？　何それ……そんなの俺の知ってる綾人じゃないんだけど……

「続き、よろしいですか？　……その人物は最近とある事件を起こし、かの国の話題の中心となりました。冒険者になったばかりの身でありながら、SSランクの冒険者兼王国騎士であるミランダ・ワークラフト様と決闘し、勝利したようです」

「SSランクの冒険者にですか⁉」

詳細は確認していなかったのか、イリアが驚きながら聞き返す。

冒険者か……やっぱこの世界にもそういう職業があるんだな。SSランクっていうと、ゲームとかよろしくD、C、B、Aみたいにアルファベットと逆順で上がってって、一番上の最高ランクに位置する人っていう認識でいいよな？

っていうか、そのSSランクを倒したって奴が本当にあいつだとしたら、何やってんだか……

イリアの疑問にナタリアさんが頷いて言葉を続ける。

「決闘の最後はかなり酷かったらしく、その『アヤト』さんは女性相手でも容赦なく、ミランダ様は敗北し瀕死。生きているのが不思議なほどの有り様だったようです」

「ホントに何やってんの、あいつ⁉」

女性相手でも容赦なかったと聞き、『アヤト』が俺の知っている小鳥遊綾人であると確信して叫んでしまった。あいつのことだから、ミランダさんがよっぽど問題ある感じだったんだろうけど。

突然叫んでしまったせいで二人の肩が跳ねるが、ナタリアさんはすぐに話を元に戻した。

「決闘の行われた王都では『優しいミランダ様が弱者に華を持たせてやった』、『底辺冒険者が名声を集めるために金を握らせて八百長をした』などと吹聴して回る者たちで溢れていました。ですが情報を集めた結果、彼がミランダ様以上の実力を持っているのは確かだと判断しております。ちなみに、私個人の興味でミランダ様のその後の動向を調べさせましたが、そちらもお聞きになりますか？」

ナタリアさんがイリアに目線を送るが、イリアは俺に判断を任せると言いたげにこっちを見てきた。

綾人のことは早く知りたいが、別に情報が逃げるわけでもない。それにミランダって人のこともちょっと気になるから知っておきたい。俺は頷いて聞くことにした。

「分かりました……ではまず、決闘直後に見られたミランダ様の状態をお伝えしましょう。まず、装備は半壊。それから両手足の骨折、顔面に打撲痕複数……そして、過剰ダメージを肩代わりしてくれる結界はおそらくキャパシティーオーバーで崩壊していたそうです」

ナタリアさんが淡々と報告してくれる中、それを聞いていたイリアの表情が青ざめていく。

「決闘終了後、ラライナお抱えの優秀な回復魔術師により、ミランダ様の傷は完全に回復。しかし担当した者は治療を終えると魔力切れで昏倒、ミランダ様は傷が治った後も自宅にて数日間療養し、その後復帰したとのこと」

「ああ、死んではいないんですね？　よかった……」

俺がホッとすると、イリアたちが訝しげな表情で見てきた。

「たかが決闘で相手を死に至らしめるなんてするわけないのに、なぜそのようなことでホッとしているのですか？　まさかそのアヤトという人物は、人を殺しかねない人物なのですか？」

「そうですよ？」

俺がそう返答すると、イリアたちは目を丸くして驚く。

「綾人は敵と認めた相手なら、男女問わず徹底的にボコボコにしますからね」

「アヤトさんという方は、ずいぶん野蛮な方なのですね……」

イリアが呆れた様子でため息を吐く。

「うーん、たしかに戦いの時は厳しいけど、普段は紳士ですよ？　あいつは」

「女性に重傷を負わせるような方が、ですか？」

「はい。だから俺は、そのミランダさんって人の自己責任だとも思ってます」

俺の言葉に、ムッとするイリア。

「なぜ、そんなことを言うのです？　まさかユウキ様も女性に手を上げたことがおありで？」

「いやいや、俺はないですけど……そうですね、たとえば仮に、ナタリアさんが男だとしましょう」

自分の名前が挙がり、ナタリアさんは首を傾げる……可愛いな。

「ある時、女性の暗殺者がイリアの命を狙ってきたとします。相手は強く、加減ができなかったナタリアさんは相手の女性を殺してしまいました。その場合……イリアは自らの命を守ってくれたナタリアさんをやりすぎだと責めますか？」

「そんなことできるはず……っ！」

そこまで言ったところで、イリアは俺が言いたかったことに気付いた。

「きっと似たような状況だったはずなんです。誰か大切な人を狙われたのか、それともいつ自身が狙われたのかは分かりませんが、自分たちの身を守るためならどんな相手でも容赦しないし、時には命すら奪う……それが綾人ですから。『女性だから手を上げられるはずがない』『どんな理由があっても女性に手を上げるのは許されない』『女性だから殺されることはない』なんて考えは……さすがに甘すぎだ」

俺だってごく普通の一般人だから、女に手を上げたことはないし、当然人を殺したこともない。

そういった行為が倫理に反していることだって分かっている。

でも、俺はあいつを否定できない。

あいつにはあいつなりの過去があって、葛藤があって、今のあいつになっているんだから。

それに、あいつが初めて人を殺す原因になったのは俺だ。

だから俺は、あいつを否定しないし、止めることはない。

止めるほどの言葉を、俺は持ち合わせていないのだ。

なら俺は、せめてあいつの背中を押そうと決めた。

「何も知らない奴が、あいつを否定していいわけがねぇんだよ……」

少し鬱屈(うっくつ)とした気分で呟くと、イリアたちはポカンとした表情をしていた。

やべっ、最後の方タメ口だった……

それについて怒られるかと思ったが、二人共何かを考え込んでる様子だった。

「……まだ思うところはありますが、今はまずユウキ様の友人に対して、軽(かろ)んじた言葉を向けてしまったことを謝罪させていただきます」

イリアが深々と頭を下げ、俺とナタリアさんが驚く。

「お、おぅ？」

「ナタリア様！　相手が勇者とはいえ、王女が頭を下げるなど……！」

ナタリアさんがめっちゃあたふたしてしまっていた。さっきまでクールっぽく振る舞ってたところからコレか……ギャップ萌(も)えを感じるな。

「まぁ、これ以上言わないでもらえるなら、俺はもう気にしないですよ……話がだいぶ逸れてしまいましたが、報告に戻りましょう。アヤトのことに関して、まだありますか？」

「あ、ああ……」

ナタリアさんは少し戸惑った様子で、さっき見てた書類の続きを見る。

「……アヤトはミランダ様との決闘後、コノハ学園へ編入しています」

「……学園？」

俺が聞き返すと、ナタリアさんは頷く。

「その後も魔竜の単独討伐により、EランクからCランクへ飛び級昇格など、多くの功績を残しています。ただ……」

ナタリアさんはその先を言い淀み、イリアが不思議そうにする。

「どうしたの、ナタリア？　もうそれで終わり？」

「あ、いえ、なんと言いますか……あることにはあるんですが……」

ナタリアさんの歯切れの悪さに、イリアの眉がひそめられる。

「報告があるなら全て報告しなさい。それがどれだけ言い難いことでも」

「はい、では……我々の国が放った諜報員なのですが、本人と接触しようとした数人が錯乱状態で戻りまして……本人たちの証言では『化け物を見た』と……」

ナタリアさんの報告に、イリアは「はぁ……？」とイマイチ要領がつかめていない様子だった。

だけど、何が起きたのか、俺は大体想像が付いた。

「多分、威圧されたんじゃないですか？」

「威圧……？　ただの威圧であぁはなりませんよ。何かのスキルでなければ……」

ナタリアさんは俺の言葉を信じようとしない。それもそうだよな、あんなんできる人は……あれ？　元の世界で結構見た気が……まぁいいか。

「もしかしたらスキルを持っているのかもしれませんが、持っていなくてもそれをできるのが、小鳥遊綾人って人間ですよ。あなたたちも会ったらビックリするんじゃないですか？」

「……たしかにそれだけの実力があれば、ミランダ様を圧倒するというのも頷けますね。もし機会があれば、手合わせしてみればいいのではないですか、ナタリア？　そうすれば、あなたの疑問も解消されるでしょう」

イリアの提案に、ナタリアさんがため息を吐く。

「何はともあれ、学園内に住んでいるようですし、これ以上の下手な接触はできませんので、今度は正式にお手紙を送ってお呼びするしかありませんね」

「変に諜報員を使わず、元からそうすればよかったのでは？」

俺のツッコミに苦笑いで返すナタリアさん。

あまり聞いちゃいけない質問だったかな？

イリアがあからさまに話題を変えようとする。なんとなく闇を感じるが、触れない方がいいだろう。

「私、ユウキ様の実力が見たいです！」

「……はい？」

どうしてこうなったのだろうか。

イリアの発案によって、俺とナタリアの試合が組まれた。

場所はそこそこ広い広場で、普段は兵士の訓練場所として使われているのだという。

ナタリアさんは俺の向かいで、いつも使っているという槍を構えている。ごくシンプルな形状の、赤と青いラインが入った長槍だ。

「ユウキ様の武器は、本当にそれでいいのですか？」

「ええ……というより、これ以外は多分使えません」

心配してそう言ってくれるナタリアさんに、そう言って答える。

俺が装備しているのは、ただの剣と籠手。槍や弓なんかは使ったことがないけど、スポーツとして剣道部の助っ人くらいならしたことがあるのでこれにした。

ただ、何より問題があるとすれば……

「頑張(がんば)れ、ユウキ君！」

「うふふ、ナタリアと勇者様、どちらがお強いのでしょう……？」

王様と王妃様が直々(じきじき)に観戦に来ていることだ。

周囲には護衛であろう兵が数人と、興味本位で仕事の合間(あいま)に見に来ているメイドたちがいた。その中には、初日に俺の世話をしてくれたクリラという亜人の少女もいる。

しかも王様と王妃様の言葉をきっかけに、兵たちの間でどちらが勝つか、なんていう賭(か)けが始まってるし……

「気にしたら負けかな……」

なんて呟いていると、イリアが俺とナタリアさんの中間に立ち、試合の説明を始める。

「ルールは簡単に、『どちらかが武器を落とす』、もしくは『参った』と言わせるということで決着となります。準備はいいですか？」

イリアの問いかけにナタリアさんは力強く頷き、俺もつられて頷く。

そしてイリアは後ろに下がりつつ、安全な位置まで戻ると片手を上げる。

兵やメイドたちの会話が途絶(とだ)え、静かな空気が流れる……

「始めっ！」

イリアの力強い合図に合わせて、ナタリアさんが即座に襲いかかってきた。

「ハァァァッ！」

躊躇のない走りと大振りな構え。ナタリアさんはそのまま槍を横薙ぎに払う。

「おっと！」

それを俺は腰を低く落として回避する。

「やりますね！」

「一応、これでも運動神経はいい方でして、ねっ！」

そしてそのままの足払い。ナタリアさんの体勢を崩す。

これでも綾人の戦いは嫌というほど見てきた。ちゃんと訓練したわけじゃないから錬度(れんど)が高いわけじゃないけど、見様見真似(みようみまね)でも十分通じる！

「セァッ！」

ナタリアさんが片膝を突いているのとチャンスと見た俺は、槍に剣を当て弾き飛ばそうとする。

しかし金属音が響くだけで、肝心(かんじん)の槍はナタリアさんの手から離れるどころか、ピクリともしなかった。

「いい動きです。しかし、私の手から武器を奪うには力が足りてませんよ……このようにっ！」

ナタリアさんは槍を振り回して、剣を当てている俺ごとぶん投げた。

「うおぉぉぉっ⁉」

そのままノーバウンドで壁にぶつかりそうになり、壁を蹴って地面に転がってダメージを軽減する。

なんて力だよ⁉　さすが王女様の護衛だな……

そう思いつつナタリアさんを観察していると、彼女は不敵な笑みを浮かべた。

「少し大人気ないかもしれませんが、本気を出してユウキ様には早々にご退場していただきます。私も、イリア様や皆様にいいところを見せたいので」

ナタリアさんの言葉に、背中がヒヤリと冷たくなった気がした。

あれで本気じゃなかったの？

すると次の瞬間、ナタリアさんは何か呪文のようなものを口にし、体にビリビリと電気のようなものを走らせた。

まさか……まさか魔法ですか⁉

と、興奮する間もなく、ナタリアさんは槍を向けてくる。

「……行きます」

せめてものハンデなのだろう。

わざわざそう宣言したナタリアさんは、瞬きしていないはずの俺の視界からいつの間にか姿を消し、そして目の前に現れた。数十メートルの距離を一瞬で詰めてきたのだ。

「うっ、そだろ……⁉」

ナタリアさんの突き。それを剣で流す。

回転しての横薙ぎ。剣で受けるが、さっきよりも強い力で吹き飛ばされ、背中から壁に激突する。

追撃からの振り下ろし。地面に転がって避ける。

辛うじて見えるナタリアさんの攻撃を、受ける流す回避すると凌いでいくが、さっきの壁に当たったダメージがヤバい。

呼吸が苦しく、目の前がボヤけてあまり見えない。

それでも彼女は攻めてくる……と思ったら、その手が急に止まった。

「凄いです、ユウキさん……実戦経験はないはずでしょう？　私は先程申した通り、本気で打ち込んでいます。なのに全て直撃しないとは……」

本気で言っているのだろう。俺も何か軽口の一つでも言い返したいけれど、もうそんな余裕もない。

もう……アレを使うしかない！

「ですがもう限界の様子……これを最後に沈めてあげましょう！」

おそらく全力の一撃を放つつもりなのだろう、さっきよりもピリピリとした空気が俺にプレッシャーを与える。

次の瞬間、ナタリアさんの姿はまたもや消える。

――今度は俺の後ろか。

ゲームで培った反応速度と研ぎ澄ませた感覚を頼りに、振り向きざまにその一撃を防ぐことはできた……しかし、防いだ剣は上へと弾かれる。

唯一の救いは、剣から手を離さなかったことか。

ナタリアさんを見ると、既に二撃目を放つ体勢へと移っている。

その一撃で終わらせるつもりなのだろう、ニヤリと笑うナタリアさん。

しかし、笑みを浮かべるのは彼女だけではなかった。

「何を、笑って……？」

武器を弾かれ圧倒的不利な状況にある俺が笑っているのが不可解だったのだろう、ナタリアさんが二撃目を放つのを躊躇していた。

そして俺は、格好付けて言い放つ。

「俺の、勝ちだ！」

「っ⁉」

次の瞬間、俺とナタリアさんの周りにいくつもの武器が出現した。

それら全てが空中に浮いている。

俺はそのうちの一つを右手で掴み、ナタリアさんの喉元に突き付ける。

そして空中の武器を動かし、腕や足も動かせないように、剣と槍を突き付けた。

「そういうことでいいですよね、ナタリアさん？」

「……ああ、私の負けだ、『参った』」

　両手を上げて降伏宣言するナタリアさん。

　俺はそれを聞き、ホッして尻もちを突く。同時にナタリアさんに向けられていた武器が全て消え去った。

　今の武器は、この世界に来てからいつの間にか使えるようになっていた俺の能力……チート能力だ。

　まだ能力の全容を把握してるわけじゃないが、現状分かっていることとしては、ある程度の物を魔力を糧に作り出せる、というものである。

『物』と言ったのは、剣などの武器だけでなくスプーンや段ボールなどといった無機物全般を作れるからだ。正直、相当なチートだと思う。

　ふう、と一息ついたところで、なぜかさっきよりも増えてるギャラリーから、俺に向けられた大きな歓声が上がる。

「カッコよかよー、勇者様～！」

　ずっと見ていてくれたクリララからの声もちゃんと聞こえる。

　ああ、俺も主人公になれたかな……？

　そんなスッキリした気分のまま、俺はそのまま仰向けに地面に転がった。

「では、ユウキ様の勝利を祝しまして……お買い物です！」

イリアが力を溜めるようにしゃがみ、ジャンプしてはしゃぐ。

その様子を俺とナタリアは後ろから見守っていた。

ナタリアとの対戦から一日経ち、俺たちは今、城下町まで来ていた。

イリアの言う通りただの買い物なのだが、彼女は王族がゆえ、これまで普通の買い物もできないでいた。

だが昨日、俺がナタリアに勝ったことによって、今日一日城下町限定という条件で自由な買い物が許可されたのだ。

実は兵士たちだけではなく、イリアと国王様までもが賭けをしていたらしい。

その王族の賭けの内容はこうだ。

ナタリアが勝てば、イリアは一日中父親の仕事の手伝い。

俺が勝てば、今日一日は城下町で自由に買い物。護衛は俺とナタリアだけ。

俺がナタリアより強いなら、強力な護衛が二人いて安全、ということらしい。

「俺たちの戦いが賭けにされた上に、勝っても俺にいいことがないんですね……」

肩を落としていると、ナタリアさんがその肩に手を置いてきた。

「そんな不貞腐れないでください。おかげでイリア様は年齢相応の笑顔をしているのですから」

そう言ってナタリアさんの見つめる先には、「こっちこっち、早く！」と子供のようにピョンピョンと跳ねているイリアの姿があった。

美少女の笑顔が何よりの報酬だって？　……悪くはないか。

なんてキザなことを心の中だけで呟いていると、どこからか怒鳴り声が聞こえてきた。

「このクソガキァッ！」

禿げた厳ついオッサンが、可愛いエプロンと包丁を装備して、逃げる少女を追い回していた。

少女の方は全身を覆うフード付きローブを深く羽織っていたが、青い肌がチラッとだけ見えた。

「あの青い肌って……？」

「魔族か……よくあることだ。ここら一帯は魔族にとって生きにくい場所で、食うにも一苦労する。だからああやって物を盗む輩がいるんだ……！」

怒りを含んだ言い方をするナタリアさん。その手がそっと背中にある槍に添えられる。

まさか、あんな小さい子供を……？

嫌な予感がした俺は、ナタリアさんより先に駆け出し、魔族の少女を追った。

「なっ……ユウキ様⁉」

ナタリアさんの言葉を無視して、魔族が逃げた狭い裏路地へと入る。

一本道だったようで、すぐに行き止まりとなっていて、魔族の少女に追い付いた。

追い付いた……のだが……

「……あれ？」

目の前の光景に、間の抜けた声が出てしまう。

さっき少女を追いかけていたオッサンが、横の壁にぐったりと倒れ込んでしまっていたのだ。そして追いかけられていた当人は、妖しい笑みを浮かべていた。

――まるで俺たちを待ち伏せているように。

「やっと追い付きました！」

その声に振り返ると、イリアが俺の裾を掴んでいた。

「ユウキ様、一体何を――」

「ハァイ、二名様を魔族大陸へごあ～んな～い♪」

イリアの疑問の声を遮り、いつの間にか目の前に移動して来ていた魔族の少女が、俺の胸に手を当てる。

そしてそのまま、トンッ……と軽い調子で押してきた。

しかしその力は意外と強く、バランスを崩した俺とイリアは後ろに倒れ込む。

「イリア様！」

少し後ろから、イリアを呼ぶナタリアの声が聞こえた。

次の瞬間、視界が暗闇に覆われ、どこまでも落ちていくような感覚に襲われた。

数十秒ほどで、俺は肩から地面へと激突する。

「～～～～っ！　最近、こんなことばっかだな……」

昨日、ナタリアさんとの戦いで受けた痛みを思い出しながら呟く。

というか、一体何が起きたんだ？

倒れるまでがやけに長かったし……

「う、う～ん……」

横で唸り声が聞こえたのでそちらを見ると、俺の服の裾を掴んだままのイリアが眠っていた。

そこで俺はようやく、自分たちが草木に囲われていることに気付いた。まるでジャングルの中にいるみたいだ。

「俺たち、さっきまで街にいたよな？　なんで……って、やっぱさっきの女の子が原因だよな」

魔族の少女に押され、気付いたらこんな森の中に、と……違う世界に飛ばされて早々、また違う世界に来た……なんてことないよな？

「……どちらにしろ、この森から脱出しないとな。まずは……イリアを起こすか。おい、イリア！」

「な、なんですか⁉　まだ次の仕事までは時間が……あら？」

若干寝惚けていた様子だったが、周囲を見渡したイリアは自分が見覚えのない場所にいることに気付いたようだった。

「ここは……？　先程まで城下町の路地にいたはず……」

「どこかは分からないけど、少なくとも街の中じゃないよな……そういえば、さっきの女の子が魔族大陸がどうとか言ってたけど……」

俺がそう言うと、イリアは訝しげな表情を向けてきた。

「魔族大陸……？　ありえないです、そんなこと。そもそも、私たちが住む人間の大陸から魔族の大陸まで、どれだけの距離があると――」

呆れたように言うイリアの口を塞ぎ、人差し指を自分の口に当てて「静かに」とジェスチャーする。

急に口を塞がれて、イリアがムームーと騒ぐが、俺がある方向を指差すと彼女も静かになる。

その先には青い肌をした奴が複数人、武装して歩いていた。

そのまま声を出さずに待ち続け、ようやくそいつらが見えなくなった頃、イリアが腰を抜かして座り込む。

その表情は、今にも『ありえない』と叫び出しそうだった。

「武装した魔族があんなに……？　でも、もしかしたら魔族や亜人が多く住むサザンドの街の近くという可能性も──あ……あぁ……!?」

するとイリアが何かを見つけ、腰を抜かしたまま少し移動する。

「これは……魔族大陸にしか咲かない花……？　私たちは……本当に……！」

そう言うとイリアは地面にうずくまり、嗚咽を漏らし始める。

その姿を見た俺は相当厄介なことに巻き込まれたのだと実感し、いつの間にか自分の全身から冷や汗が噴き出していたことに気がついた。

俺たちは……たった二人で知らない土地に、それも魔族大陸に飛ばされ孤立してしまっているのだった。

# あとがき

皆様、この度は文庫版「最強の異世界やりすぎ旅行記３」をお手に取っていただき、誠にありがとうございます。作者の萩場ぬしです。

年が明けて早くも一ヵ月。本シリーズの文庫版も三巻の刊行が決まりました。トントン拍子でここまで来られたのも、ひとえに読者の皆様のおかげです。

さて、三巻は今までの穏やかな（？）学園生活から一変して、アヤトが新しく仲間になった者たちと共に、敵地である魔族が住む大陸へ乗り込む話となっています。

しかし敵地でもアヤトは慌てず、カイトたちに修業を積ませたり、お風呂に入ったりといつものマイペースを崩しません。

さらには、新キャラの可愛い『男の娘』が登場し、基、勇敢な少年とその仲間たちが加わって、またもやパーティは大所帯に……。

あれよあれよという間に彼らは魔王との対決へと突き進んでいくのですが、やはり本作にはパプニングが付き物。そう簡単に物語が一件落着となることはなく、アヤトたちの旅は一層の難航を極めていきます。

詳しくは是非、本編にてお楽しみいただけますと幸いです。

話は変わりますが、今回からＷｅｂ版の内容とシナリオを大幅に変更し、一部のみの改稿ではなく、全面的に書き直しました。この一連の作業の結果、「あれ？　Ｗｅｂ版に出ていたあのキャラが居ないぞ？」と首を捻る読者の方もいらっしゃることでしょう。ここでその疑問にお答えいたしますと、今後のストーリーの都合上、登場させることが難しくなったので、残念ながら退場してもらうことになった、というわけです。作者的には、なかなか良いキャラだったのですが。

そんなこんなで単行本の執筆時は、ほぼ全編書下ろしと同じ労力を費やすことになり、正直言うと締切に間に合うか分からず、大分、冷や汗をかきました。それでもなんとか纏め上げることができて、ホッと胸を撫で下ろしたことを、今でもよく覚えています。

これからも読者の皆様のご意見をはじめ、担当さんや関係者の方々のアドバイスを参考にしながら精進していきたいと思いますので、どうぞ宜しくお願いいたします。

それではまた、皆様と次巻でもお会いできることを願って。

二〇二〇年一月　荻場ぬし

ネットで人気爆発作品が続々文庫化！

# アルファライト文庫 大好評発売中!!

冒険者を目指す少年が召喚した相棒は
最弱の代名詞、スライムのはずが……
チートスキル　捕食持ち!?

## 僕のスライムは世界最強1

**空 水城** *Sora Mizuki*　illustration 東西

**倒した魔物のスキルを覚えて底辺からの大逆転!**

冒険者を目指す少年ルゥは、生涯の相棒となる従魔に最弱のFランクモンスター『スライム』を召喚してしまう。戦闘に不向きな従魔では冒険者になれないと落ち込むルゥだったが、このスライムが不思議なスキル【捕食】を持っていることに気づいて事態は一変!?　超成長する相棒とともに、ルゥは憧れの冒険者への第一歩を踏み出す！　最弱従魔の下克上ファンタジー、待望の文庫化!

文庫判　定価：本体610円+税　ISBN：978-4-434-27043-7

アルファライト文庫

この作品に対する皆様のご意見・ご感想をお待ちしております。

おハガキ・お手紙は以下の宛先にお送りください。

【宛先】

〒150-6008 東京都渋谷区恵比寿 4-20-3 恵比寿ｶﾞｰﾃﾞﾝﾌﾟﾚｲｽﾀﾜｰ 8F
(株) アルファポリス　書籍感想係

ご感想はこちらから

メールフォームでのご意見・ご感想は右のＱＲコードから、
あるいは以下のワードで検索をかけてください。

アルファポリス　書籍の感想

本書は、2018 年 12 月当社より単行本として
刊行されたものを文庫化したものです。

# 最強の異世界やりすぎ旅行記 3

**萩場ぬし（はぎばぬし）**

2020年 3月 27日初版発行

文庫編集－中野大樹／篠木歩
編集長－太田鉄平
発行者－梶本雄介
発行所－株式会社アルファポリス
〒150-6008東京都渋谷区恵比寿4-20-3恵比寿ガーデンプレイスタワー8F
TEL 03-6277-1601（営業） 03-6277-1602（編集）
URL http://www.alphapolis.co.jp/
発売元－株式会社星雲社（共同出版社・流通責任出版社）
〒112-0005東京都文京区水道1-3-30
TEL 03-3868-3275
装丁・本文イラスト－yu-ri
文庫デザイン—AFTERGLOW
（レーベルフォーマットデザイン－ansyyqdesign）
印刷－株式会社暁印刷

価格はカバーに表示されてあります。

落丁乱丁の場合はアルファポリスまでご連絡ください。

送料は小社負担でお取り替えします。


ISBN978-4-434-27065-9 C0193